孤独故事集

THE LONELY STORIES

[美] 娜塔莉·伊芙·嘉瑞特 编
Natalie Eve Garrett

姚 瑶 译

上海译文出版社

献给托尼、塞拉菲娜和奥雷利欧

目 录

I 序言
娜塔莉·伊芙·嘉瑞特

001 那些转瞬即逝的重要时刻 我是地球上唯一存在的人
梅根·吉丁斯

015 野猪
克莱尔·戴德勒

033 病房
伊曼妮·裴利

045 母亲的智慧
杰弗里·雷纳德·艾伦

067 在地平线上
麦吉·施普施戴德

083 2020，出埃及记
艾米丽·拉伯托

097 缅因州人
莱夫·格罗斯曼

111 独处时光
莉娜·杜汉姆

123 我还在这里吗？
安东尼·朴尔

135 一种奇异而艰难的喜悦
海伦娜·菲茨杰拉德

147　75×2
　　梅尔·梅洛伊

153　身体的秘密
　　阿贯·加贝尔

167　永恒的异乡人
　　郭珍芳

181　孤身行路的女人
　　艾米·谢恩

201　融入与剥离
　　彼得·霍·戴维斯

213　放手
　　玛雅·尚巴格·朗恩

225　交易故事
　　裘帕·拉希莉

243　见证与希望重燃
　　杰丝米妮·瓦德

255　圣骨匣：四重奏
　　莉迪亚·尤克纳维奇

271　丑陋的角落
　　蒂娜·纳耶里

287　来自独身之年中点的笔记
　　梅丽莎·费伯斯

301　关于作者们

313　致谢

序　言

我的意思是，如果我们纵身入忧愁呢？我是说：如果那就是喜悦呢？

——罗丝·盖伊，《欢愉之书》

在编写这本书时，这段话总是浮现在我脑海中，但是有所变化：如果我们纵身入孤独呢？如果那就是喜悦呢？

我希望借这本《孤独故事集》，汇集情绪汹涌的个人散文，来阐述孤单自处的经验——有关独处的故事，有关孤独的故事。虽然谈论孤独往往是禁忌，甚至令人羞耻，但我们都会时不时有这样的感受：当我们在陌生的新地方茫然无措时；当我们寻找伴侣，或身处一段关系，却觉无法抵达彼此时；当我们遭到误解、轻视或不受尊重，感到孤立无援时；当我们寻找志同道合的人与群体时；当我们处在人生中的某些阶段，比如心碎、病痛、悲伤时。也同样欢迎愉快的孤独故事，因为，尽管我们都有被孤独刺痛的体验，但我们总能因独处而重注能量。

我希望《孤独故事集》能为读者提供一系列切入点，书中的文章触及孤单与性别、性欲、成瘾、移民、不安全、疾病等议题，无论生活经历如何，文章都能深刻地引发共鸣。回应我邀约的女性多过男性，因此这本书更多地容纳了她们的观点。我们的社会期待女性通过社交与情感将一切人事物弥合起来；享受孤单的女人都是女巫，是怪胎。因此，为女性提供更多空间来审视并接纳她们的孤单，这样才是正确的。

这本书的编写开始于新冠大流行之前。然而其中的大部分内容都写就于漫长的隔离期间，有关孤独的个体记忆，在我们的集体孤独中刻骨铭心地起草，但大部分篇目并没有反映新冠大流行，反而是聚焦于之前的时光。于我而言，历经那样一段剑拔弩张的隔离期，随之而来的结果是，编写这本书的初心激起了更为强烈的共鸣，它所提供的治愈也越发必要。

在整合《孤独故事集》这本书时，写到独处之寂静喜悦的文章深深吸引了我，对隔离之震荡的反思也深深吸引了我，同样吸引我的还有对温柔的孤独浪潮的表达，这些温柔海浪贯穿我们的人生，来来去去。我很想为我们最脆弱的故事造一座海湾，来肯定那些可能安抚并重新联通我们的故事，这些故事讲得很匆忙，有时还有点轻率。但最重要的是，我希望将光线投向一种普世情感与经验，恰恰是这种情感与经验常被压抑在黑暗之中。

我体验过孤独之苦，这痛苦贯穿我的全部人生，但我却开始逐渐珍惜起这种孤独。在长大成人的过程中，我常常幻想，过往形形色色所有的我仍旧存在于我曾存在的地方。有点像是笃信鬼魂，也有点像是拥有想象中的朋友，但她们只是年轻时的一个个我。我曾经用一整个下午，独自穿过树林，脚步轻快；深夜躺在床上，我想象在树林里的自己，黑暗之中目光炯炯。一部分的我由衷相信我仍旧在那里，或者说白昼里的那个我仍在那里，以及所有曾轻快穿过树林的我也都在那里。作为一个热衷自省、创造力旺盛又常常生病的小孩，我发现这种幻象令人略感不安，却也让人极度安慰：无论发生什么，我总在自己身边。

按医嘱在家独处的那几段人生经历是我整个童年时期的

常量，漫长的鼻窦感染、未确诊的偏头痛、被忽视的焦虑浪潮、尚未命名的慢性疲劳都会让我突陷其中。在小学班级里，我就是那个"总生病"的人，尽管同学们说"你总生病"时我感到丢脸，却也隐秘地期盼在家中的床上独自度过几天。我双手按住太阳穴，环绕眼眶，抵抗脑内的刺痛。总而言之，我是幸运的：我的痛苦既不严重也并非缠绕终生；我拥有体贴的父母，他们有靠谱的健康保险；妈妈可以请假，频繁带我穿梭于一打又一打医生，帮我从两场不太成功的鼻窦手术中恢复过来。然而，并没有什么灵丹妙药，有时唯一的出路就是挺过去。

因此我在黑暗之中，独自等待它过去。当我的脑袋一跳一跳地痛时，别无他法，只能躺在床上休息；噪声与光线只会加重症状。我的想象力就是所有孤单时刻所创造出的产物之一，也同样是这些孤单时刻的镇痛剂：被从前的无数个我环绕时，很难陷入极致的孤独。

如今我年届四十，有自己的孩子，依然还有偏头痛，事实上，头痛来得更为频繁。可我越发难以做到隐世避居了。事与愿违，每当我戴着眼罩、躺在沙发上，总能发现两个甜美的孩子跳到我身上来："你需要拥抱吗，妈咪？"在这种我咬紧牙关想撑下去的时刻，偶尔会发现自己飘向记忆之中，飘回孩子们更小的时候——毛茸茸的长卷发，咿咿呀呀的学语声，女儿把"请"错说成"乞"，儿子紧紧抱住我的腿，笔直地站起来。偶尔我也能从中窥见从前的自己，或是在窗外发现自己的影子，正吃力地翻过森林里倒伏的树木，召唤自己回到自己身旁。对这些旧日之我的惊鸿一瞥让我不再那么孤独，而且从某种意义上来说，它们依旧是我——大眼睛，脆弱，犹豫，勇敢。有时我只是需要那个提醒：我仍在这里。

渴望守住转瞬即逝的感受与体验，是推动我去热爱绘画与写作的一部分力量，最终，也促使我梦想着集结出这样一本书。孤独感纵然颇具破坏力，但我发现，它也能充当通往美与探索的门户，这就足够动人心弦。

在《孤独故事集》中，伊曼妮·裴利面临慢性疾病，阿贾·加贝尔提供了有关流产与希望的沉思。郭珍芳与身为移民的特殊孤独感搏斗，且是两次。杰弗里·雷纳德·艾伦深入探究了童年时对于失去母亲的恐惧，他的妈妈在芝加哥南部独自抚养他长大。裴帕·拉希莉则钻研了书籍如何在孤独时刻提供慰藉。安东尼·杜尔分享了自己同网瘾作斗争的好笑经历。莉迪亚·尤克纳维奇则深深沉醉于独处之中。

《孤独故事集》中的作家们正轮流尝试独处，并努力不让自己沉溺于与世隔绝，通过"自我发现"丰满自身。他们分享了自己的心灵故事，从而提醒我们，感到孤单的我们并不孤单。或许这样有助于缓解我们的些许孤独感；或许这提醒了我们要对孤单温柔以待。

如果你正感到孤独，或是你曾感到自己形同透明人，如果独处使你更具勇气，或是你正隐秘地渴望独处：欢迎你。

娜塔莉·伊芙·嘉瑞特

那些转瞬即逝的重要时刻

我是地球上唯一存在的人

梅根·吉丁斯

整个密歇根中部唯一的人

巴士应当在每天早晨六点二十分抵达。但这要取决于行驶路线上的其他孩子,取决于鹿,取决于奶牛群,取决于下雪,取决于雪化,因此这个时间可能是六点十分,也可能是六点三十分。我家的房子离公路有四分之一英里,若是我想慢点走,不慌不忙,不急不躁,那就得在每天早上六点整离开家。

我们家的车道是砂石路,没有灯。我得行走在黑暗之中,聆听环绕身边的世界。鸣禽期待日落。林中小鹿的嗅闻声与鼻息从左侧传来。野火鸡在沿路的大豆田里争吵不休。车辆启动。我的呼吸。泥土干燥时我的靴子踏出重重的步伐。下雪时则嘎吱作响。所有这一切都无比重要,因为,这些步行时刻是一天当中唯一只有我独自一人的时刻。

我和妹妹共用一间卧室,无论何时,只要姐姐从大学里回来,也得和她分享。我们的房子很大,但空间是怎么安排的呢?唯一能够让我真正实现独处的地方只有浴室,由于洗澡时间过长,妈妈总是向我抱怨丙烷账单;在地下室,我会找出旱冰鞋,一圈圈地滑上几小时,绕着同一根柱子,仿佛这样能让我得到启迪;要么就是到室外,在我们家的草坪上读书。我家有六口人,爸爸妈妈有时会谈论我们家是多么寂静,因为他们都是在小房子里长大,少说都有九个兄弟姐妹。无论何时,只要他们提及童年生活,绝大多数故事都与"我们"有关,他们与我的姨妈们、叔伯们之间那鼠王式①的集体记忆。我们房子里的空间对他们而言近乎奢侈。

孤身走在车道上,独自站在那里等待巴士,这是我对事物感到确信的时刻。我会斟酌自己的想法。我会去想自己喜欢什么、憎恨什么。我会在头脑中书写。总与他人在一处,他们的情绪、他们的意见、他们的知识,使得我身处他们当中,感到自己被吞没了,同时意识到我一点儿也不了解自己。我渴望独处的时刻。

---

① rat-king-esque,指老鼠被死死地缠绕在一起,无法分开,从而创造出一团巨型的超级老鼠群。——译注,除有特殊说明,本书注释均为译者注。

有时，学校里的朋友会问我："孤身一人在黑暗中那么久，你不害怕吗？"而他们的语气、他们问我的方式，都让我觉得自己很幼稚，或是在干傻事。"有的精神病会开车经过，把你给绑架了。等到人们发现你不见时，你很可能已经死了。"进行诸如此类的对话时，我会被他们的恐惧给淹没。

而当我试图谈论独属于我自己的恐惧与沮丧时，却总能感觉到我们之间的距离。我的朋友们，同典型的乡村白人一样，鲜少需要考虑他们的人种是如何影响了他们与周遭世界的关系，以及同他们自身的关系。无论我去到何处，略具善意或是毫无善意的成年人总是不断提及我是黑人这一事实，有时我也会对此满腹牢骚。学校老师说的一些话则清楚表明，他们担心我的心志是否略有动摇、是否会怀孕，或是染上毒瘾，或是浪费掉我的所有潜能。身为黑人，他们对此所说的一切听上去同我的人生风马牛不相及。因此，在许许多多的日子里，我都觉得白皮肤的大人们是试图在他们的人生电影中将我变成一个边缘角色。如果他们能够走进我的内心，我明明可以成为他们"弦动我心-弱点-自由作家"[①]般的孩子。

---

① 此处为三部电影的名字，分别为 *Music of the Heart*、*Blind Side* 和 *Freedom Writer Kid*。

可朋友却将脸转向别处。忽然间，桌上的每一份法式炸薯条都意义重大。为何偏要提起这个来，我们明明可以讨论 K 和 L 为何断交？为何要谈论这种陈腐的东西，就好像白雪之上的阴影，我们明明可以讨论谁在学校电梯里接吻被抓了现行？你说你不知道自己是谁，你想表达什么？吃了这块小黛比①，别那么奇奇怪怪了。别再谈论孑然一身什么的。这让你听起来很悲伤。

电影院里唯一的人

有时，比我年轻的女性会向我寻求建议。我想，一部分原因是我个子很高，而且刚好是个教授，但更多的原因是我周身缭绕着大姐姐的恶臭气息。有人能嗅出判断力的辛辣，还有同情心的绿意芬芳，"告诉我你真正想要什么"的香草味基调从我的皮肤里渗透出来。在二〇二〇年之前，我会告诉年轻女性，独自去看电影，尤其是那些想要成为作家的女性。

我打算一起看电影的朋友爽约了，因为正同她调情的变装皇帝②终于回复了她的消息。那时我所居住的房子很老旧，人

---

① Little Debbie，美国的廉价威化饼干品牌，堪称美国的国民零食。
② drag king，指男扮女装者。

满为患，能开空调的时候我们全都满屋子乱窜，打打闹闹。所以我自己买了份沙拉，悄悄塞进手提袋，去了市中心最差劲的一家电影院。影院里的座椅一点都不舒服。尽管是在二楼，可影院大厅的地毯闻起来却仿佛香烟、黄油、地下室。影院里冷极了，电影内容很糟糕，但披了一层绝妙外衣，而且天知道怎么回事，我竟然在星期三的晚上孤身一人。我坐在后排，尽量不那么大声地嚼生菜叶子。银幕上出现演职人员名单时，我本能地挪到了旁边的空座上。当我意识到，这是我有生以来独自观看的第一部电影时，我无比尴尬。

有大把正当理由让女性不愿在公共场合孤身一人。即便是白天，在颇为安全的大学城，也总有人透过车窗，朝我嚷种族言论，有男性对我含沙射影，人们认定，因为我身处公共场合，所以我完全敞开，随时准备进行一场不舒服的对话。那时候，我所有的男性朋友都经常独自去看电影。他们会对我讲热门电影、艺术院线，还有他们看过的经典影片。和男朋友及朋友们出去时，我会看到那些男人们，他们在深夜独自来回，抽烟，万事都不挂心，除了尼古丁、风，还有从他们的血盆大口里飘出的烟雾的形态。我渴望那种自由。

如今，在思索孤独及创造力的必要性时，再写弗吉尼亚·

伍尔夫的《一间属于自己的房间》有点老生常谈。然而，每当谈及拥有一个空间来进行创作，其他作家坦白金钱的必要常令我钦佩不已。我告诉女人们要独自去电影院，因为我认为，在开始艺术生涯时，有些东西和金钱一样不可或缺：自由的感觉，你无需考虑他人或他人的需求；或是建立独属自己的晴雨表的能力，它可以来自诸如独自去电影院这样的小事，去看些什么，不用觉得自己非得歪着脑袋，估摸他人能得到的乐趣。

女人们总被训练成取悦者。她们所扮演的角色，就是为了周遭所有人维持事物稳定圆融，让他们开心。我告诉女人们，要为了自己去做这些事，因为过于担忧他人会扼杀大脑中的冒险区域，写作恰恰需要这一部分。这是件小事。但在漆黑的电影院中，我了解到，我无需去看另一个人被银幕照亮的脸庞，还能借此搞清楚自己该作何感受。我本身的感情是正当的。有时候，我可以只看向自己的内心，由此去了解周遭的世界。

冷湖里唯一的人

每当谈及我热衷皮划艇和游泳时，有那么一类人总是大惊小怪。其中一些人对于自己惊讶的根源直言不讳："我都不知道黑人喜欢游泳。"年轻时我就已经意识到与我自身相关的一些真相，这便是其中之一。甚至在记忆还未成形时，我就已经上游泳课了。在游泳池里，我唯一能顾及的就是我的身体。连续踢腿，释放呼吸，判断我同墙壁间的距离，翻滚，再回来。高中时，我上了一门游泳救生的日间课程。你跳进泳池，练习踩水。你学习如何脱下牛仔裤，将它用作悬浮装置。导师严肃地给你讲解冷水冲击，以及在低温下你的身体会出现怎样的状况。你被告知，生存关乎你所学习的技能，但也关乎思维模式。保持冷静；永远别去想：哦，糟糕，我要死了；做出快速且精准的抉择。在十月凛冽且有阵风的一天，我为什么要在南印第安纳的湖面上划皮艇，以上文字就足以给出一部分解释。因为我不害怕。

在我的人生中，究竟有过多少次，我能真正说出"我不害怕"？有那样的时刻，我的焦虑完全失控，心脏狂跳不止，几乎要蹦出胸腔。冬日里，数量庞大的乌鸦杀手聚集在我家侧院的一棵大树上。我会在床上瑟瑟发抖，不得不提醒自己，我听到的声音只是鸟叫罢了。蜘蛛。老鼠。要是我踩上钉子怎么办？钉子肯定会寄宿在我脚里。读新闻，我害怕。当我看到某人车上招展着联邦旗帜，肾上腺素便突然飙升。有时，我将自己的焦虑想成一幅画，你从某个角度去看，它是个花瓶。若是斜着看，或以某种方式转动脑袋，画面就成了两张面面相觑的脸。我是因为大脑的化学变化而焦虑吗？还是因为活得越久，就越明白，美国对黑人女性而言就是一片恶意深沉的土壤？若在此地，身为黑人女性，你就算只是躺在床上，人们依然能找到理由，指责你被谋杀都是你的错，这种情况完全可能。

我之所以谈及那幅画，是因为我知道那两种画面都是它。有毫无逻辑的心理因素，也有合理的他者化原因，让你觉得必须时时做好准备，应对一切痛苦的可能，这种合理源自充分的威胁。划艇、皮艇、游泳，每当我思虑过度、情绪过载，所有这些运动都能为我提供帮助。

在十月的那一天，在那面湖上，我目睹大雁飞过头顶，知道自己必须为了生存而离开，我思索着那又是怎样的感受。天空一碧如洗，船桨进出水面的声响就是唯一的动静。一条鱼轻轻跃起，哗啦啦水花四溅。风以四十英里每小时的速度强劲吹拂，而我尽可能贴近岸边。随后，在一次强风突袭时，我对重心转移做出了错误判断，皮艇翻了。转瞬间，我的身体被抛入空中，风是一声响亮而美丽的怒号。我狠狠砸入水面。我卡在了皮艇下方冰冷的湖水中，片刻惊恐后，我把船推到一边，浮了出来。

我有一只脚仍被水藻缠绕。丈夫正在近旁划皮艇,于是朝我划过来。"你得冷静下来。"我说,不然我们都会出问题。我的每一段思绪最多只有六个字。我不冷也不累。湖中还有其他人,正在划向更远处。我短暂呼救,没人听见。我很清楚,一旦失去最初的肾上腺素激增,寒冷就会伤到我。岸边四分之三英里处有个男人冲我挥手,但他似乎并不清楚我落入了水中。我知道我是在浪费时间。

我蹬腿,又拉又拔,就在我以为我得拔出脚掌留下鞋子时,水藻松开了。我对丈夫说,我会游到岸边去。他得到游船码头去同我会合,并告诉那里的人我翻船了。我游起来,尽可能保持嘴巴紧闭。湖水很臭。腐烂的枯叶。我无法回过头去看丈夫。双手引领我前行。能触碰到湖底时,我站了起来,往前走。我爬上岸边,需要从这里回到出发时的那条小径,这里有两条路可以抵达:向上爬八英尺,或是回到水中,可能要再多游五分钟。身披湿透的衣服,我缓缓振作起来,伸手触及树根,去感受它,咬紧牙关,将手指深深嵌入岩石与土壤。当我来到林中,才终于舒了一口气。我的大脑撞击了我的身体。

我脱掉湿透的救生衣。我躺进杂草之中，呼吸。不知怎么的，那一瞬间给我的感觉，比我抵达那里所克服的千难万险都更为艰险。我很确定，我的心脏会因寒冷、肾上腺素及强压的恐惧而停止跳动。我的呼吸过热。双眼仿佛灼烧。之后我要冲个澡，直到流水变凉。我要洗头发，要用丝瓜络洗刷身体，在高温、水蒸气和肥皂散发的人造椰子香气中迷失自我。甚至更久之后，我将撷取这段经历，将它写入短篇小说。当这段经历呈现于纸面，我将注意到自己所使用的所有歪曲手段，都是为了让这段经历更有趣，与短篇小说更贴合，并略显苦涩。在林中，我曾有那么一瞬确定自己将呼出最后一口气，闭上眼，那便是终结。我试图只做观察，不思考，也不感受。

风再起。金色的叶子离开树梢，为气流赋予了形状。小路干净，标记清晰。目之所及空无一人。现在你什么都可以做，我的大脑说，仅此一次，我没有反对。究其一生，我必须提醒自己，我对自己而言有多珍贵。我值得被人悉心照料，活着是值得的，我并没有侵占空间。我脱掉毛衣，试图拧干它。孤独，寒冷，湿透，每一棵树都好像是一种祝福。

若有其他人在场，我肯定觉得自己有义务安抚他们，说我没事。我很可能会有更多的情绪反应。当我和丈夫觅得彼此，他将温暖的大手覆在我脸上,说他这辈子都没有这么恐惧过。我们抱头痛哭。但在林中,望着树叶,努力拧干自己,我从未如此贴近自我。我什么都可以做,我说。我的声音很平静。云朵滚滚而来。我振作起来,迈开步伐。

野 猪

克莱尔·戴德勒

我被告知，基金会的代表将在埃尔帕索国际机场接我，他就在那儿，在行李领取处，一个满头白发、牛仔一样的家伙，他自我介绍为道格拉斯。我们上了他的车，驶入高速路，沿着格兰德河往前开。"那是华雷斯城。"他指向河对岸，告诉我。差不多开了五十英里后，我们向左转，离开河流，驶入一片满目褐色的地貌之中。行车时，我喋喋不休，试图扭转他的立场，让他成为克莱尔的支持者。回望那段时光，我惊讶于我竟然花了那么多时间努力让人们喜欢上我，拼命用某种方式说服他们相信我。

最终，上车三小时后，我们来到了马尔法，在没精打采的街道上绕圈，而后我就独自处在了小小的泥砖房里。真正的孤单对我而言极为罕见，在他人眼中，作为妻子，作为母亲，似乎总有那么一个人时刻围绕在我身边。

我先是打开旅行箱，将T恤和内衣叠进抽屉，将雄心勃勃的正装挂进衣柜，将木屐和运动鞋在玄关处一字排开，将书堆在桌上，钢笔扔进马克杯。当一切整理就位，我坐到硬邦邦的红皮沙发上，仿佛等待就诊的病人。

屋子里沉寂了片刻，随后人声鼎沸，噪声来自门口路过的少年，高中放学，他们正走在回家路上，哈哈大笑，相互推搡。我把十几岁的儿子留在了家里，所以很乐意听到他们粗鲁傻气的喧闹。等他们走过去，寂静再次降临。

实属意料之外，我获得了在马尔法的驻留奖学金，于是人就在这儿了。我将在这栋小房子里独自生活上一个半月，满屋都是优秀艺术品、时尚家具，还有满墙书籍，都是之前来过这里的作家们的作品，书脊上的名字让我一阵晕眩，深感自己配不上。从窗口看出去，我的目光越过整座城镇，远眺基安第山脉，干燥、低矮、温和，与西北太平洋充满压迫性的山脉截然不同，那高山潮湿而庞大。在我居住的地方，就连地貌景观都很拥挤，覆满了树木与个人历史。而在此地，我看到的是空。

在这空荡之中，一种熟悉且一再露头的想法浮现出来：我有点儿不对劲。这并不是什么新鲜念头。我已经抱有这种想法好几年，或者说好几十年了。我立刻摆脱这念头，我是这样教自己的。妈妈们绝不可能闲坐着想这种狗屁。我拿上背包，沿街前行，穿过铁轨，来到波特超市，进城路上道格拉斯指给我看过。

波特超市有点邋里邋遢：地面上铺的油毡毯边缘已经翘起；疏菜要么病恹恹，要么光亮过头。背包能装多少东西回家，我就只能买多少。我挑选了苹果、面包、牛奶、咖啡、鸡蛋、黄油和一根巧克力棒，然后又回到了酒水区。我买了两瓶看起来还行的马尔贝克红酒。结账时，我被自我意识撕扯着。我一直习惯于为全家人购物，女儿在外读大学，但我还有丈夫和十几岁的儿子要照顾。只给自己买那么点杂货，简直像仙人掌一样诡异。

回家路上，天空换上了常春藤花样温柔的颜色。瓶子在背包里叮当作响。我做了炒蛋和吐司，同满架的书一起坐在餐厅里，书都来自过往的住客，戴维·福斯特·华莱士[①]、科尔森·怀特黑德、黛博拉·艾森伯格，我一边看《英国烘焙大赛》，一边吃着朴实无华的餐饭，喝掉一瓶酒。最后，我倒在

[①] David Foster Wallace(1962—2008)，美国小说家，在文学上极富造诣，2008年自缢于家中，下文还将再次提及他。

了床上。

凌晨一点,一列火车滚滚驶过城镇,吵醒了我。有那么几秒钟,我不知道自己身在何处。

翌日一早喝咖啡时,我从头到尾忠实浏览了活页夹,就是你在驻留期间总是能发现的那一本:要做什么,不要做什么。第一页是一张有标题的纸:**"野猪,不只是惹人嫌的动物!"**

资料页还解释说野猪看起来像猪,但实际上属于矛牙野猪。野猪标志性的臭气是由背部的气味腺产生,资料页向我保证这气味"容易应对",这是个警示短语。我了解到野猪通常在牧场游荡,偶尔也会进城。它们五到十五只组成家庭团体。它们视力极差,每当感知到威胁并试图逃脱时,往往不知道该往哪儿逃。若是遭遇挑衅,它们会猛冲过来,并非出于敌意,纯粹就是迷糊。资料页反复声称野猪**并非**我们的天敌,显然就是篇宣传文章,目的是为野猪辩护,反对那些批评者。"所以,多了解野猪一点,您意下如何?"这份文件的友好语气可别想愚弄我。它所描述的简直就是场噩梦:街道上全是成群结队的不是猪的生物在游荡,臭烘烘,毛茸茸。

读完后，我坚定地将自己纳入野猪的天敌。但这无关紧要，因为我从未打算要碰见一只野猪。我会避开同潜在危险对手的一切冲突。

喝咖啡，写作，散步，去杂货店，做饭，喝酒，睡觉。我的日子很简单，活动范围很小。基金会给我提供了一辆车，但我留在了车棚里，觉得还是靠双脚出行更好，这样不容易惹上麻烦。

每天我都绕着小城盘桓。在房屋终结、灌木开始绵延的地带，我最为舒适，而在城中央的街道上，我不可避免要面对过着日常生活的人们，从而更敏锐地感受到自己的孤单。我沿住所附近的农场边缘步行，爬上小山丘，俯瞰马尔法水塔，经过一栋涂鸦有武当派[1]壁画的房子，到基安第基金会去。

基安第这个慈善机构让马尔法不那么像个艺术中心。在二十世纪七十年代，这里不过是一小片普普通通的不毛之地，当时雕塑家唐纳德·贾德[2]买下了城镇边缘处的废弃军事基

---

[1] Wu-Tang Clan，1992 年在纽约市成立的嘻哈乐队，乐队成员共有 10 人，被认为是嘻哈界极具影响力的团体，致力推广和发展东海岸嘻哈风格。
[2] Donald Judd（1928—1994），美国雕塑家、画家、作家，极简主义运动先驱之一。

地,改变了自己的生活,从而将艺术世界带到了西得克萨斯。随着贾德去世,基安第基金会监管了这些军事建筑,如今基金会投身于贾德和他那些著名友人的工作。然而,绕着基金会的围墙散步时,我全神贯注于自己的脚步,丝毫不因艺术而分心。

每日散步过半时,我会在自动结账商店停一下,买一瓶葡萄柚味的加锐得①,并情感丰富地看一眼那位男性化的出纳,她跟我同龄,但看上去全然没有我的那些负担:孩子、丈夫、图书合同、头发。

每天我都步入书房,炮制出一千字,但这些文字都有问题,因为我自己出了问题。

坐在桌边,戴维·福斯特·华莱士盘旋于肩膀上方,我解读塔罗牌,试图将出错的地方找出来。但塔罗持续甩出同一张牌:恶魔。在最为广泛使用的普及版韦特塔罗中,恶魔被描画为腿毛茂盛的男性野兽,头顶悬着倒置的五芒星,极为邪恶。恶魔是象征思维死循环、束缚及成瘾的一张牌。

我很擅长诠释塔罗牌。每当为朋友们解牌时,我会有倾向

---

① Jarritos,墨西哥软饮料品牌。

性地去阐释牌面所蕴含的天马行空的抽象概念,以及令人忧心的结论,这些牌就是专门用来做这类深奥诠释的。一切都意味着其他。朋友们都很热衷这个小戏法,我可以捏造意义,仿佛我就是个制造意义的机器。可这张恶魔牌的出现还是让我犯难了。在一套七十八张的塔罗牌里,出现这张牌的几率有多少?它为什么会出现?

盯着这张恶魔牌,我认定自己过于耽溺负面想法,并且自我憎恨。自我憎恨,我心想,同时又倒了一杯酒。

鉴于我绕城散步所花去的大量时间,发生这件事算是不可避免。最终我亲眼看到了一只野猪,从某种程度上可以这样说。顺着基安第基金会往上爬坡时,我在正午的阳光下大幅提升我的步行英里数。我正经过艺术家罗伯特·爱尔文[①]的大型艺术装置,就在此时,我发现它正在过马路。一个毛茸茸的长方形:一颗硕大的脑袋,四条小细腿上顶着桶状的身体。它看上去就像是那种业主委员会里殊为警觉的一员,正在附近巡逻,松弛却蛮横。这个角落属于它。

[①] Robert Irwin(1928—2023),美国艺术家、理论家,推崇高科技材料、超光亮表面,探索空间与作品的关系。

我绝无可能尾随它走在路上。它肯定有同伴，甚或是十二个同伴等在峡谷里，随时准备冲向我。我转过身，绕远路往家走去。

每天我的步行英里数都在增加。我是在鞭笞自己，像个隐修士一样绕行这座城。当时我自认为是在锻炼身体。当时我不曾看出我是在寻求控制身体的方法，我的躯体穿梭过那几个小时，是为了让我不要看向混沌。

每天我都忍着不去酒水铺。每天我都告诉自己，我是不会买棕色烈酒的，只买红酒。而后我就去波特超市，再拿一瓶马尔贝克红酒。波特超市成了戏剧现场。我很好奇，那些友善健谈的收银员中，是否有任何一个人注意到我的每日采购。买酒的同时，我也为健康餐购买食材，我总是为自己做一顿丰盛的晚餐，哪怕绝大多数时候我都是在餐盘上把食物推来推去。

另一幅画面：不是鞭笞我自己，而是一颗螺丝钉，一圈圈地旋转，每转一圈就更深入一点。

孤单是我正采取的一种姿态，是我蜷缩起来的姿势。我不再给丈夫打电话。过了很多天，多到过分，我才终于给他打了电话。他说:"我猜你正变成一个孤独的牛仔诗人。我希望你快乐。"而我们俩都没有说出口的是:我已经孤单了很多年。

一杯接一杯地倒酒是你能做的最孤单的事。我的人生满到要溢出去了,然而在这满溢之中,我只想带着那瓶马尔贝克,自己待着。

一个孤独的牛仔诗人。在我听来并没有多可怕。我想成为一个独特的人,一个一无所有的人。那样听起来比较贴近自由。

在马尔法一年后,我和丈夫都读到了一则新闻报道,暴风雪期间,有个西雅图北部郊区的女士冻死在自家前院。她被发现于灌木丛下,离家只有几码远。丈夫疑惑不已,怎么能发生这种事呢?可我心知肚明那是怎样发生的。很容易就能想象我从屋子里晃悠出去,只是想逃离所有人,好平静地饮酒。

自从见到了第一只野猪,我就开始随时随地见到它们。有时是通过眼角余光,我在寂静的街道尽头瞥见细碎动静,一坨毛茸茸的屁股消失在灌木丛背后。

我的屋外种了一株茂盛的刺梨仙人掌。凑近观察它时,我发现布满尖刺的叶片上被咬掉了一块块，咬痕很是卡通，恰好就是野猪嘴巴的大小。

一个美丽宜人的夜晚，我偷偷在谷歌上查询酒水铺的营业时间，而后钻进了那辆可怕的车子。在布满星星的高远天空下，我沿着圣安东尼奥大街往前开，路过了DQ冰淇淋，路过了波特超市，来到了庆典酒水铺。我紧张兮兮地进去，深知自己正迈入危险地带。并非因为我没喝过波旁威士忌。我这辈子喝过好几加仑的波旁。只是因为，我要在一栋房子里独自居住数天乃至数周，我从没有在这样的地方喝过波旁。我知道会发生什么：橱柜里的酒瓶将开始冲我闪烁。它会一直闪烁，直到在这栋房子里，我唯一能看到的只剩它的光芒。

负责登记的伙计是我和朋友们总是称之为小混混的那种人：摇滚白男，弥漫着底层生活气息。当我将波旁放上柜台结账时，因羞愧而颤抖。他头戴针织帽，身上还有文身。我该如何让他相信我是个体面人？我想告知他我的散步、健康餐，还有我写过的所有东西。

我不再算塔罗，因为它只是不断给出同一张愚蠢的恶魔牌。我的散步范围变得更远。我打破了走成规律的圈子，走上州道，进入灌木丛林地，能走多远就走多远，随后转身，回到城中。我渐渐发现，这里的地貌其实也没有那么棕。这里的绿草不像西北太平洋地区那样绵延不绝，但绿茵就在那里，是山坡上一片柔和的鼠尾草。甚至连泥土也并非棕色，而是鲜亮的铁锈色。

我担心这将是我从马尔法带回家的所有东西。我担心自己写不出有意义的文字。我担心自己无法认认真真交到朋友。对于身在此地的时光，我唯一能呈现的只有对色彩的印象与记忆。我会记住天空变幻的光线，从银色到丁香色，再到冷酷而无情的蓝色。

一群野猪喜欢在街道那头略显破败的游乐场逗留。每当我经过，它们便饶有兴趣地瞥我一眼；我加快步伐，希望它们不会冷不防对我发动不假思索、毫无意义的进攻。我在网上搜了些野猪的视频，它们显然是在图森市的街道上横冲直撞。每当我看到野猪，便感到某种原始的恐惧；在我眼中，它们绝对是穷凶极恶。但在图森市，人们仅仅将它们看作郊区的不利因素。不是什么了不得的事。

对于亚利桑那州图森市的市民来说，野猪并不是什么大事。为什么这些小事都对我而言全都像是大事?

野猪似乎离我的房子越来越近。我似乎能从卧室窗口闻到某种东西,散发着麝香与腐烂的气息。我开玩笑地给一位朋友写道: 如果她没再听到我的消息,肯定是因为一头野猪找上门来,猛扑向我,像《军官与绅士》里那样把我给带走了。①

我准备好离开家,开始晨间散步,我随手从牌堆里抽出一张牌。恶魔。你在开玩笑吗? 我扔掉牌,摔上门离开了屋子。

关于独自生活,有一点是你将痛苦地注意到回收瓶的数量。这些全是我喝的? 波旁也喝得太快了吧!

一周前,他们安排我离开城里,在基安第基金会有一场必须参加的派对——是人们梦寐以求能去的派对,差不多一盘食物值一千美元,世界各地的策展人都会来此。作为驻留作家,我也在邀请之列,实际上,是我自己很想参加。我从衣柜里拿

---

① *Officer and a Gentleman*,1982 年上映的美国电影。故事中男主人公幼年时母亲自杀身亡,久未露面的海军军官父亲前来将他接走。

出一条非常隆重的连衣裙，日落前驾车前往基安第，停车的地方距离我第一次看到头野猪的地方不过几码远。

这次派对在其中一座彻底废弃的军事建筑中举办，那高而明亮的空间似乎装满了全世界的好东西。派对就像扇动着的巨大翅膀，上升，下沉，一踏入房间，就能感受到它的运动。我吃掉了盘中餐，食物很美，如一座小小的花园。我喝了一种拥有特别名字的特调鸡尾酒。我遇到了一个诗人、一个摄影师、一个音乐家，还有一位博物馆馆长。人们在不同的对话间跳来跳去，椅子随阵阵爆发的热情而挪来挪去。智慧、金钱、魅力，三种鲜少相遇的特质在整个房间共同闪光，几乎像气体一样，是混合着奶油色、银色与粉色的北极光。身处其中，即便我在聊天，在微笑，却还是感觉到彻头彻尾的孤单。我的手臂像机器人一样挥动，将玻璃杯举到唇边。

我喝酒，就好像我们拥有了一段共同的体验，但实际上，派对不过是我宅家独酌这条轨迹中的一个过渡期罢了，这条轨迹会以我醉倒在床上告终。

为免你好奇谁是这个故事里的恶棍，是我自己醉醺醺地开车回了家。我坐在前廊上，喝着波旁威士忌，吸入独享夜晚的自由。我已经忍受了派对，像忍受屈辱一样忍受了它的灿烂、它的光辉，尽管我穿着漂亮的裙子，并且一直保持微笑。这一整晚，我所渴望的只有此刻：如私人信封般包裹我的空气，密闭、黑暗；大量的酒；无人同我说话。我听到了哼哼声，也可能是我想象出来的。我是不是闻到了什么气味？我以为我可能是闻到了什么。我将身子俯过门廊边缘，伸出一只手，听着野猪的声音，希望它们来找我。

是恶魔让我喝下了一百多瓶红酒和波旁威士忌，从而错失了在马尔法的全部经历，也错失了过去的几年中活着的全部体验，无论那一共有多少年吗？

若是如此，那么第二天早上，当我目光呆滞躺在床上时，前来造访我的存在又是什么呢？因为突然间，真的是突然间，一种认知翩然来至心头——这认知是：我的饮酒与我的苦痛是同一件事，是一样的。这是我头一次向自己承认，过去十年间，我没有一天停止饮酒，这十年里，我的个人悲痛指数激增。这是我头一次对自己承认，我曾经纵情狂饮，失去知觉，醉酒驾驶，谎话连篇。简而言之，酒鬼会干的事我全都干了。在沙漠中的空洞早晨，这事实如同愚蠢的笑话一样，突然间变得那么显而易见。

我问你：是什么让我为自己冲了杯咖啡，坐在窗户旁的伊姆斯椅上，打开电脑，搜索了"酗酒测试"这个词？

我东倒西歪又小心翼翼地通过点击完成了某个名为"酒精使用障碍问卷"的测试。我并没有诚实回答所有问题，但还是约略透露出一点我的状况。测试给出了答复：我正表现出"伤害性饮酒行为"。

我心想：嗯，真好奇如果说出真相又会发生什么呢？我至少可以拿实话试一试。我深呼吸，重新开始测试。这一次，当结果反馈出来，在我内心某处，其实早已清楚这个结果。

我四仰八叉地躺在客厅地板上，沙漠高照的艳阳流泻全身，停止酗酒的决定忽然降临。这是世界上最悲伤的决定——停止以一种非同寻常的方式陷入孤单。

接下来的那一周，道格拉斯开车送我向埃尔帕索机场。我已经七天滴酒未沾。驱车离开那所小房子时，我前额贴着车窗，眼看街区渐次退后。游乐场边，很可能有几只野猪，像臭气熏天的十几岁小流氓一样游荡。如果它们攻击你，并非因为它们生气。它们只是困惑，就像我们一样。

病 房

伊曼妮·裴利

他们每隔几小时就会进来。有些是护士，其他则是清洁工，鲜有实习生、住院医生甚至内科医师。一袋袋的液体、麻醉剂、抗生素都有它们各自的感觉。你的身体吸食了它们。至少这是你身体的感觉。或许还是描述为渗透更好。它们渗进去。不请自来的，受到邀请的，必要的，过量的。针头的疼痛始终如 。有些装扮成白日梦的梦境，充斥着怪物，充斥着回忆，被工作人员给吓走了。你在那地方是不可能睡个好觉的。

医院的房间给予孤独最极致的面目。我是个内向的人，日常生活中频繁赞颂独处的美好。在堆满书的房间里，回忆密布，亡故的伙伴与虚构的伙伴随意来去。是盛宴，是茶话会，还是一对一的会面，全由你决定。可在医院里，这些独处的集会却从我的掌心溜走了。独自一人的慰藉不复存在。地板裸露，散发干净的光泽，映照不出任何东西。微小无限扩张，如一座奇幻屋。

在那扇关上的门外，你可以听到忙碌嘈杂的声响，但都与你无关。在那一边，人们工作、交谈。只能听到只言片语的沮丧笑声与个体的煎熬，但永远不够大声，不足以让你窃听。他们休息，他们运送病人。他们疲累。他们工作。将每个人都照得蜡黄的灯亮起。他们奔去处理危机。而这扇门内的危机，不是任何人的紧急要务。

我这回住院不是因为系统性狼疮或格雷夫氏病的并发症。上次住院是因为这个：我有三块肾结石。它们卡在了体内某处，引发感染。这是好事：疼痛把我送进急诊室。在检查过程中，医生和护士注意到我正在经历甲状腺风暴。甲状腺风暴是"一种危及生命的健康状况，与未治疗或未妥善治疗的甲状腺功能亢进有关。在甲状腺风暴期间，人体的心率、血压和体温能够飙升到极危险的高水平。如果没有迅速积极的治疗，甲状腺风暴往往危及生命"。[1]

我还因为感染患上了脓毒症。它进入了我的血液，"脓毒

---

[1] 作者注：克莉丝汀·穆尔，"甲状腺风暴"，健康线网站，更新于 2018 年 9 月 28 日，www.healthline.com/health/thyroid-storm。

症是一种潜在危及生命的状况，由身体对感染的反应所引发。身体通常会向血液循环中释放化学物质以对抗感染。当身体对这些化学物质的反应失衡时，便会触发损害多种器官系统的变化，脓毒症便出现了"。①

来自医学网站的引用是一种保障。若是用我自己的话告诉别人和朋友这些事，他们肯定会飞速略过。令我困扰的并非是他们的尴尬、不自在，而是我不知道他们只是因为痛苦而转过头去，还是因为漠视。必然不是针对我，而是针对真相本身。

上一次住院时，刚住进去的那两天两夜，有人忘了给我拿洗漱用品。专门有人负责这项工作。如果那个人看到患者是他人心中牵挂，如果有人陪同患者前来，言语紧张地问问题，操心关切，甚至有点激进，那么他更有可能记得这项工作。我是独自一人，每天睡眠超过十八个小时。纸尿裤被汗液浸得酸臭。每一次睁开眼，我都能感受到一种乞丐式的悲伤。所以我又闭上眼。后来我会说："我没有找人要洗漱用品，因为，你知道的，我太迷茫了。可我笃定他们会按例发给

---

① 作者注："脓毒症"，妙佑医疗国际，www.mayoclinic.org/diseases-conditions/sepsis/symptoms-causes/syc-20351214。

我。"就事论事。回想起来,那更像是抑郁而非迷茫。旋涡般的那种。

布料比纸张更柔软。我渴望被布料紧紧包裹。我试图提醒自己,情况可能更为糟糕。好吧,导管是当然的。导管最糟糕的部分在于不舒服的程度更甚于羞耻程度。你不再在意有人处理你被引流出去的废物,因为你全身心都在担心输尿管的压力,这是你的身体的一部分,无论你怎样频繁使用它,还是对它无知无觉,在这种情况下,你将有多卑微呢?没错,那才是更糟糕的情形。

你用清洁击退了一天的悲伤。第三天我就记起了这一智慧。把你的头发分分好,编成辫子。仔细刷牙。洗,洗,再洗。全身涂保湿乳。小心谨慎系好长袍,仿佛它就是一件衣服。把旧长袍、旧裤子、旧床单塞进角落。即便因疼痛而弯腰驼背,也要把新床单抚平。站上片刻。一直站到你意识到根本没有人看到或关心你的仪式,更不会有人在乎你时,你就会感觉舒服些。

在医院病房里,电视是一种赤裸裸的诚实。它并不会把你吸入它的幻象之中。它是个嘈杂的盒子,无聊且刺耳。你关掉它。你打开它。无论怎样它都叫人生厌。怎么会这样呢,在你最最需要安慰的地方却无法得到安慰？

这一次我没吃东西，因为匮乏就像是另一种清洁行为。只有冰块和几口蔓越莓果汁。几片薄脆饼干。这种奇特的宗教行为，尤其是天主教行为，不知不觉出现在了我身上。我自认为是在救赎，真是蠢透了。这类举动一向无法让他人与我更靠近。它并没有为你提供一个哭泣的肩膀或一个拥抱。你试图救赎什么呢？

我在外面很不一样。所向披靡。我驾驭工作和生活。在最狂妄的时刻，我心想：我是在铸就遗产。然而，始终有一种忧虑纠缠不休，我担心自己就像伊万·伊里奇一样。伊里奇是列夫·托尔斯泰的小说《伊万·伊里奇之死》中的人物，是个中产阶级，而且还搞错了人生的当务之急（我不认为我有这些特质，或者我不愿认为自己有），活在对长生不老的幻想中，尽管日日受挫，却幻想自己的能力永不凋谢，直到他得知自己即将死去。我们都将死去。但对伊里奇而言，死亡正快马加鞭赶来。最初只是一个小事故。一次摔倒，一侧躯体受伤。伤情持续不断。伤口啃咬他。医生寻找原由。无法补救。生命在对终结的期盼中慢慢停止。"他不得不像这样独自生活在毁灭边缘，"托尔斯泰写道，"压根没有一个人理

病房 | 039

解或怜悯他。"

我从未收到过晚期诊断。因此，拒绝让伊里奇停留在我的脑海中并非难事。但我的思绪却不断回到他身上。因为他学到了这样一课：没有什么美德能防止肌体衰退。也并非绝对。我们确实可以是"健康的"，但事实上，即使是在精力最为充沛的时候，我们也依然是最脆弱的。

我不会死去——不会那么快。这是二十四年前初次诊断出慢性疾病时，我所学到的。但是，我将时刻生活在身体出现潜在故障的紧迫之中。疾病的火焰总是令人惊慌失措，他们对我说的是："你原本可能会死。""进入血液循环的感染本可能扩散。差一点就来不及了。"有时候他们说："要是再多耽误几小时的话。"有时我无意中听到他们说话，啧啧说我，评判我的失败。我很好奇他们是否觉得病人会丧失听力。我们之间隔着一层纱，隔在疾病与健康之间。在那些时刻，我是个鬼魂，没有知觉，只是个任务。"脓毒症，"他们交头接耳，"她没有早一点报告疼痛。"当这种情况发生在教学医院时，学生们试图表现出色。他们在评估中自鸣得意，渴望指出患者知觉上的缺陷。我真想知道他们当中有多少人曾花上一整天来教学、写作、烹饪一日三餐、驾车一百公里、检查作业、应付难以应付的一切。他们当中有多少人在燃烧殆尽并跌落神坛前大放过光彩。

伊里奇对生活中的他者越发不耐烦，因为他们不愿谈论他行将到来的命运。在生病和死亡面前，情感上的逃避很常见。医院病房的空缺是个提醒。是一座折射并复述孤独的奇妙屋。当然了，危机化解后，也有人对我说："你为什么从来都不求助？你为什么没有求助？"

这个恼怒问题的言下之意是，多年来，询问到恳求的地步从来不曾是我的人生特色。但我业已学到，通常人们并不希望你去询问。人们希望你对他们所能给予的东西感到满意，不再多置一词。慷慨确实应当分裂为两个词，一个用来形容给予他人，另一个则用来形容那种沾沾自喜的给予，完美契合了给予者如何看待自己，并全然不顾他人。后者比比皆是。前者呢？哦，它很稀有！它把帘幔撕得太开了。

在伊万·伊里奇去世后，他的死亡教训甚至更为有力。他走了，有场葬礼。同事们无不感激死去的不是自己。他们渴望以一种迅速且敷衍的方式进行悼念。出现，表示敬意，遵循仪式。没错,我心想:我们太害怕死亡了。真的太害怕了,以至于就连疾病与残疾都要以这种方式来敷衍。无需像你这样备受折磨,人们因此高兴不已。这是一种丑陋的人类特质,而我们大多数人的身上恐怕都具备。在我重获自由、被赶出医院的那一刻,这种庆幸便悄悄渗入了我心中,对仍然身处病房的所有孤独之人而言,真是丑陋无比。我很惭愧,我知道这是一种恐惧,阻拦了必要的亲密关系。每当涉及这些问题,勇气总会短缺——除了沉浸于伟大爱情的时刻。或许那就是爱的目的。不仅仅是温暖的感觉,也不仅仅是快乐。它是一种前景,展望了人类的诚实正直能够超越可能。

住院第五天,丈夫将儿子带来了。儿子问能不能跟我一起睡在床上。我往边上挪了挪,腾出空间。他说:"我只是不知道,我以前从来没住过院。"哦,这份诚实伴随着对亲昵的渴望,我多爱这诚实啊!真高兴我的牙齿干干净净。真高兴我身上没有霉味,而且休息充足,可以由衷地对他微笑。负责送餐的女士过来时,我们正吵吵闹闹。她对儿子微笑。"帅小子。"她说。儿子柔软而灵动。她离开后,我们对食物嗤之以鼻。我吃了薄脆饼干,喝了果汁。那天晚上我没睡多久,但休息得还不错。

在《伊万·伊里奇之死》中，被伊里奇宠坏的家人一败涂地时，是他的仆人格拉西姆在安慰他。格拉西姆是个佃农，他知晓生命的真正意义与死亡的不可避免。他很亲切，很细致。那是令人恼火的描述之一。的确，中产阶级常为错误的事提心吊胆；穷人往往更能理解美德与体面。但这也同样是一种浪漫的推测，在这个故事里，如同在一个又一个故事里一样，这种描绘剥夺了农民内心的斗争与痛苦。这个人物形象主要作为一堂课而存在。文学，即使是伟大的文学，也充满了这类内容。但实际上，谈及善良，这个世界上就是有些人保有清楚无疑的天赋。孩子们通常就有，但我们非要让他们适应社会，摆脱这一天赋。在某一时刻，他们学到流血时哭鼻子是不好的。在胃痛或心痛时躺下是虚荣自负。以剥夺灵魂的方式工作值得赞许。在孩子们身上，我们以最糟糕的方式复制了我们自己。但谢天谢地，他们尽可能久地保持了天性。

我一直害怕殖民孩子们的人生。害怕过度依赖他们。你生孩子，是为了最终让他们离开。希望他们同你保持联系，但你对此不具备任何权利。情感责任不该成为胁迫。它应该是有爱且温馨的。应该是一种缝合剂。可是,若我否认是孩子们散发的阳光突破了孤独,每一次都救了我,那就是在撒谎。它不会屠戮孤独。只是在其他任何事都无能为力时,它能缓解我的孤独。这就是生活。

母亲的智慧

杰弗里·雷纳德·艾伦

他眼看火车飞速冲向全新的对面来车,就像一场胆小鬼博弈,然而他很清楚,另一列火车不可能离开他这条路线。他高声鸣笛警告。无处可逃。别无他法,唯有聆听刹车的摩擦,聆听车轮撞击轨道,发出有节奏的、暂时性的叮叮当当,并等待。冲撞中,他那更为老旧也更为坚固的引擎穿透了新车型,金属响亮地撕裂金属,车身摧毁,钢铁排成长队向一旁偏离。另一列火车成了葫芦,将通勤的人们吐出来,有活着的,也有死去的。事故过后,空气仍在震颤。声音逐渐减弱,一片凝重的死寂。

只差一点点,我就要被卷入残骸,好在我想方设法跟随铁轨书法艺术般的线条,穿过叮当嘈杂的螺旋,挣脱束缚,重获自由,再次活了过来。我跟跟跄跄地离开,房间里静悄悄的,只有电视机的声音,是一台中等大小的黑白电视机,要等到几年之后,我和妈妈才拥有了第一台彩色的。回想起来,在我脑海深处，我看到电视机，一个空洞的笨重盒子，带有人造木饰面板，里面泼洒出灰色画面，响着潺潺水流声。近乎五十年岁月飞逝，可我依然能够听到新闻主播的声音，仿佛从水面之下，从另一个维度传到我耳中。那时的我作为小孩子，正经历着最大的恐惧变为现实，那就是妈妈会死去，留我独自一人。

我妈妈经常乘这辆火车通勤，是 I.C.（伊利诺伊中央铁路公司）的火车，工作日早晨她会乘这辆火车到大环，然后转乘第二辆火车去温内特卡，那是北部郊区，她在那里给一个富裕的白人家庭做女佣，每天挣三十五美元，她和朋友们称之为计日工作。那天早晨，也就是一九七二年十月三十日，我们放在厨房桌上的小收音机传来轻松悦耳的音乐，她一如往常，随节奏将自己收拾停当。七点整，她准时穿过后门（厨房门）离开，如同每一个早晨一样。我继续去洗澡、穿衣、做早餐，而后端着满满一盘吃的坐在客厅沙发上，一边看《瑞瑞和他的朋友们》①，一边狼吞虎咽：牛奶和橙汁，四片涂满黄油的吐司，两个煎蛋，还有四片培根，上面淋着枫糖浆。彼时我十岁，虽然食欲旺盛，但在那个年纪算是瘦瘦高高。

---

① *Ray Rayer and His Friends*，美国60至70年代播出的聚焦于老动画片的电视节目。

一则特别新闻报道让我的早晨陷入停滞。新闻播完后，我把餐盘放到一边，仍旧坐在沙发上，仔细考虑我的选项。妈妈通常在上午九点左右抵达工作地点，因此我没去上学，而是决定留在家里，等到适当的时候给她的雇主打电话，要求和她通话。我坐在那里等待，非常坚决，一分又一秒，时间成为房间的四角。一个小时过去了，我必须拿起电话，拨打电话，可我却做不到。

我坐在沙发上，探身往前，死死盯着电视机的起泡玻璃，缩进内心世界，听着，看着，等待着，试图厘清事实。地点。碰撞发生在距离迈克尔·里斯医院不远的地方。死亡人数。下午一点三十三分，最后三名受害者被拖出残骸。在我的想象中，我能预见消防员和急救员在烟雾升腾的金属中搜寻幸存者。

因为我在那时就具备了作家的头脑，所以想象力描绘出了可怖的画面，丰富了简短新闻报道的细节。我熬过了每一个延长的时刻，思维飞速运转，直至我设法冷静下来，结果却只是让它们再次加速，循环我的恐惧。

妈妈不上班的日子，即星期天和节假日，我们会搭乘I. C. 火车到大环，那是一趟平稳的浮游之旅，清净且舒适，比公共汽车或 El（高架列车）强得多，更快，哪怕更贵。我会看向嘎吱作响的窗外，南部地区徐徐铺开，住宅和建筑物的高度呈几何倍数渐次抬升，不断扩张，多激动人心啊，我情绪高涨，而后看到密歇根湖毫不吝啬地在眼前展开，反射粼粼波光，一路还有更多景象，直到我们斜着驶入市中心的最后一站。我们可能在芝加哥艺术学院的画廊里兴高采烈地浏览上一整天，无论多么贫困，妈妈也深知让我接触更广阔的世界有多重要。然后在卡森·皮尔·史考特百货公司或马歇尔菲尔德百货消磨一些时间，每家百货商店都开在宽敞、美丽的建筑中，有大理石墙面和地板，有彩色玻璃，以及其他精美装饰，是芝加哥所能提供的最好的建筑。随后我们会走到被高架列车的影子所遮蔽的瓦巴什大街，在温迪餐厅吃晚饭，这是妈妈最喜欢的快餐店。作为外出的收尾，可能会在范妮·梅①少买一点高档焦糖口嚼糖、乌龟糖和山核桃卷，在回家的 I. C. 上享受这些美食。

我们步调一致。是两个人组成的国家。她对我忠心耿耿。人们常评论我俩长得有多像，吵起架来有多像夫妻。

---

① Fannie May，美国糖果生产商，生产出售巧克力棒、巧克力盒和其他零食。

那天晚上，我听到妈妈步履沉重地爬上了铺着地毯的木质楼梯，听到她停在门前的平台上，随后钥匙转动锁扣。我做好了准备，祈祷着。门打开了，她就在那儿，我的妈妈，又是一天，又是 美元。我从沙发上站了起来，晃晃悠悠地。她极度疲惫，好像过了一会儿才能反应过来我的存在。她瞥了一眼我，立刻关门上锁，并没有过分在意播着新闻的电视。我想我有些恍惚地走向她，抱住她，很高兴发现她的身体充满了生命力。她是一个肉乎乎的女人，差一点就算得上肥胖了，她胳膊很粗，臀部分得很开。我几乎和她一样高。（再过一两年，我就要比她高了，她会经常跟朋友开玩笑说，她得站在椅子上才能"打赢"我，这样我的脸恰好埋在她胸口。）

她把我拉了过去，却没有拥我很久。她支持我、爱我，却不善亲热。

她领我回到沙发上，我们默默坐了几分钟，我深深呼吸，试图安慰自己。

"你是在喘吗？"她问。

我并没有在喘，但她的话语或许在我身上产生了戏剧性效应，使得我的肺部更为卖力地工作起来。喘。这是她的世界，一贫如洗的单身母亲，拖着个体弱多病的孩子，当时医学界还

母亲的智慧 | 051

不知道如何有效治疗这种疾病，我成了个不小的拖油瓶。一小时又一个小时，一整夜又一整夜，她陪伴在我床边——夜间加湿器嗡嗡吐出清凉空气，胸口大量涂抹维克司伤风膏，我就以这样的方式来恢复健康——要么就是在急诊室的担架边陪伴我。

我已经是个又焦虑又忧郁的孩子，那场火车撞击释放了我心中的某种情绪，是一种模糊的不安感。接下来的几周里，夜晚我躺在床上，感觉自己仿佛由黑色的空气构成。死亡随时都能夺走我。更糟的是，它能夺走我的妈妈。她使尽浑身解数安抚我的恐惧。然后，同年十二月另一场灾难发生，大沼泽地①空难。我专注于新闻报道，脑海中反复浮现鳄鱼从漆黑水中跃起、吞食幸存者的画面。但这还不是最糟糕的。几天后，在一九七三年一月一日早晨，一则新闻将我唤醒，我最喜欢的棒球运动员之一罗伯托·克莱门特在执行援助任务的途中，在前往波多黎各的飞机上遇难身亡，他所搭乘的飞机撞上了海岸。同样的故事一再重演。

看到我和妈妈于寒冷的冬夜一起站在公交车站，妈妈紧紧抱着我，我将脸埋在她的羊毛外套里。这是由芝加哥的残酷冬

---

① Everglades，美国佛罗里达州南部的亚热带克拉莎草沼泽地区。

日所冻结的场景，即便那是个暖冬，气温高于平均温度。妈妈保护我免遭风雨侵袭，也尽全力于动荡不安的世界中守护我。

福音赞美诗支撑着妈妈度过每一天，她在家中对自己吟唱那些充满希望的歌谣，这些歌谣维持着她的信仰，她深信上帝会捍卫我们，并送我们去往美好未来的应许之地。但我对她的信仰却很陌生。我们已然被亏待了。妈妈全力以赴为我们而奋斗，可世界却残酷而不公。七岁时，我开始疑惑上帝为什么会允许像她那样的好人受苦受难。他为什么会允许我体内的外来物质限制我的呼吸（哮喘），允许那持续不断的浪潮在我的身体细胞中，用黑色的负面情绪填满我？脆弱的身体，脆弱的心灵。

照片透露出，九岁时我就已经不再微笑，我闭紧嘴巴，以防别人看到我的龅牙。我始终觉得自己活在聚光灯下，活在公众监督的光圈内，所有眼睛都盯着我，尽管（另一方面），我也认为生命是精心设计的舞台，由演员和道具组成，我周围的一切都是精妙的表演。

一九七三年七月，在我过完十一岁生日的两周后，李小龙去世，我那孩子气的咒语被打破了，这一悲剧对我产生了意想不到的影响。我听说过很多这位武术偶像的事迹，但从来没有看过他的电影。几个月后，机会终于来了。一天早上，我像往常每个周六一样搭乘 I.C. 去大环，却没有去上艺术学院的少年班，而是花了两美元，在一家曾经富丽堂皇的电影院参加了一场李小龙电影放映马拉松。我走进拥挤的影院，踩过黏糊糊的地板，在一张破烂发霉的天鹅绒座椅上坐了一整天，盯着巨大的银幕，观看并反复观看《精武门》《猛龙过江》和《龙争虎斗》，每一拳、每一脚和每一声咆哮都深深植入了我的意识之中。起变化了。

对于我所感兴趣的人或事，阅读有关他们的一切，即使在那么小的年纪，我也是依此行事的，我拥有学者头脑。李小龙也不例外。通过李小龙，我的世界观得以拓展，拥有了新的维度。通过他的人生，我看到了自己人生的可能性，是如此引人入胜，因此我决定以他为榜样。他吃什么我吃什么。他怎么训练我怎么训练（由于我频频受到运动性哮喘的攻击，这是不可能的）。如他一般，研究并掌握每一种格斗艺术。像李小龙一样，我将撼动世界，于巅峰时期死去。

所有这些研究的结果是，我头一回冒险涉足了哲学世界，这是学术上的附加收获,为我感到不平与疏离提供了一个思想框架,并给了我急需的信心,鼓舞了我,赋予我一种重要感与使命感。李小龙极为推崇斯宾诺莎和克里希那穆提,在他们的思想中发现了诸多与"截拳道"相对应之处。这两个人的书我都读了,虽然我根本弄不明白斯宾诺莎。克里希那穆提的书为门外汉而写,浅显直白。沉浸在他的思想中,我欣然接受了他的观点:"时间"即过去,"思想"是人类苦难的罪魁祸首。我明白了一个真理,所有传统和教条——宗教、哲学、民族、种族——统统都是谎言,为了理解当下生活,我们必须摈弃这些。我能"从思想中解放头脑"的可能性支撑了我,一种新的信念开始成形。

由于我内心有着一些极端化的倾向,因此我对自己的无神论越发漫不经心,毫不克制,颇为挑衅,以至于寻求每一个机会去激怒真正的信徒:"如果上帝真的存在,让他现在就打死我吧。"这些话常常让人与我保持距离。我不再与世界保持一致,但我说服自己,我喜欢这种状态。

我确信我的新个性改变了我与妈妈相处的方式,也确信她很担心我,却不知道要说点什么或做点什么。那是个考验时刻。她热衷社交,而我却很腼腆。她有自己的朋友圈,囊括了超过一打的中年黑人女性,大多数像她一样是计日工人。她们过着充斥野餐、烧烤、特百惠派对[①]和俱乐部约会的生活。我会从旁观察、研究并评判她们,看着她们欢声如雷、激情昂扬地大吃大喝,兴高采烈地聊八卦(她们称之为"谁射杀了约翰?"[②]),而我,一个局外人,就冷眼旁观这些闯入者。

在某一刻,她觉得够了,于是坚定立场,告诉我要受洗。然而,星期天到来,我拒绝去教堂,她也没有在这个问题上强迫我。或许我一直都在指望这个结果出现,毕竟她常常妥协。就像那个时代的其他母亲一样,她并非不打孩子,但也容忍了我许多,让我自由自在地顶嘴,放任我挑战她。

或许我之所以觉得可以反抗她,是因为我坚信,作为南部种族歧视的幸存者,她从不捍卫自身,只是一味承受她所遭遇的侮辱、谩骂与不公。艰难岁月磨砺出了对待生活的隐忍态度。对她来说,过去的就让它过去吧。不回头。没有怀旧,亦无失望。

我自觉有必要保护她。不止一次,错误的骑士精神让我与她的雇主发生了冲突。

[①] 简单的社交聚会,由女主人邀请朋友和邻居到家里看特百惠的产品,是当时成功的直销模式。
[②] 美国俚语,原为陆军用语,指"互相推诿、指责"等意。

有个周六，我独自在家，接到了电话。电话那头的男人告诉我他的名字，是我知道的名字，很多人都知道他。几十年来，他的家族在芝加哥畜牧场经营货运公司，由此积累了大量财富。他要求和妈妈通话。我告诉他妈妈不在家，无法接电话。

"告诉你妈，她最好现在就把她的黑人屁股送到这里来。"他说。

"去你妈的吧。"我说。

"你跟我说什么？"

真希望我当时回答了，用舌头挫伤他的气焰。可我却什么也没说。

"你跟我说什么？星期一我会去福利办公室，让他们停掉你们的救济金。"

太多东西闪过我的脑海。我本该面对他，看着他这个人。我想让他认识我。

妈妈回家时，我将这段对话告诉了她，告诉她找骂了这个家伙，这个愚蠢的种族主义者。她给了我一个眼神，责备了我。我时不时听到过妈妈对雇主表达不满，这种抱怨极为罕见，但我没有错过她透露出的任何一件事，并在内心存了一份罪过清单，为我的怒火添柴，为我所渴望的因果报应提供了正当理由。

当天晚些时候，男人又打来电话，这次是为了道歉。原来是他的妻子给妈妈放了一天假，但没能准确将这件事传达给他，是个无心之过。妈妈知道这意味着他的妻子酒精性昏迷了一整天，把这件事抛诸脑后。她接受了男人的道歉，但他的侮辱是压垮骆驼的最后一根稻草，她礼貌的语气与她的真实感受不符。她找了个借口，从此再也没去过他们家。

要到多年之后我才能明白，在妈妈冷静接受现状的背后，有一整套她为我们的生存和福祉所建立起的文化体系，而我对此一无所知。作为南部种族隔离的幸存者，她已经见识过所有。我们家族中有不止一个人在密西西比州被处以私刑。为了寻找更好的地方，她于一九四九年千里迢迢移居芝加哥，那时她才十九岁，畜牧场的臭味和浮华的都市生活迎接了她的到来。有成千上万黑人亲眼目睹了埃米特·蒂尔[①]的遗体在玻璃为盖的棺材里公开展示（"太可怕了。"她说。），她便是其中

[①] Emmett Till，1955 年在密西西比州被残忍杀害的 14 岁黑人男孩。两名白人男子承认杀人行凶，但全白人陪审团驳回了对二人的指控，从而引起全美对非裔美国人在美国面临的暴行与暴力的关注，并成为民权运动的集会口号。

之一。尽管白人永远都是个威胁，但她当下所忧心的是每天都要苦苦应对芝加哥南部的致命危险，其紧迫程度远远超过她对携带廉价小手枪的不情不愿。

一九七四年秋天的一个晚上，她和男友约翰在我们住的大楼外遭遇了持枪抢劫，之后她开始携带手枪。她轻描淡写地讲述了那个恐怖时刻，她会讲约翰拒绝摘下大学毕业戒指，两个暴徒是如何变得不耐烦。

发声的那个人说："姑娘，在我朝他开枪之前，你最好告诉这个黑鬼把戒指给摘下来。"

听她讲这个故事，妈妈的朋友们会摇摇头，难以置信地大笑，她们都是些很实际的女人。但我暗自为约翰的顽强抵抗而鼓掌。

在我这样的书呆子眼里，约翰给我留下了学识满腹、才智拔群的印象，颇具压倒性。许多黑人男子都认为有必要在公共场合表现得"酷"一些，而约翰的风格与举止，他的高贵与谦逊态度，却远离了这种"酷"。我仍然能看到他坐在我家客厅的沙发上，穿着西服，打着领带，光滑黝黑的脸上流露出好奇的温柔神色，就这样抽着烟斗，而我偶然找到隐匿在公寓中的烟斗通条和高尔夫球架，都是属于他的。他的鬓角仿佛是将短短的非洲爆炸头粘在了头上。他说话温和，深思熟虑，不像我见过的其他人。

他经常跟妈妈吵架，但我从未听到他提高音量，唯有在承受了太多侮辱后让步说："好吧，爱丽丝，我不知道你为什么非得那么说。"

我怀疑妈妈是在福利办公室遇见他的，他在那里有一份朝九晚五的工作，是"案例"（社会）工作者。男人是我妈妈重视实用性的一种表现。除了约翰外，她还轮流压榨另外两个男人，L.C.和埃迪，不过还有其他男性伴侣来来去去，比如有个男人，送了她一幅平凡无奇的表现主义画作，画她挂了几年，然后送给了朋友。这些男人各不相同，但通过妈妈，他们的人生有所重叠。约翰、埃迪和L.C.都有一个悲惨的特点：每个男人都在人生巅峰到来前败给了绝症。

结核病夺去了L.C.的生命（他死后，妈妈和我得按要求遵循一整年的预防性用药）。在我的记忆中，L.C.是个上了年纪的男人，已经六十多岁，看上去像个被玩了很久的丘比娃娃，头发卷曲成波浪状（像快速游动的水母），摇曳在头顶。他是圆脸，却面目严厉，岁月与皱纹都刻在脸上。他的形象引人注目，但没有任何肌肉迹象，他的腰太宽，以至于腿似乎太细，根本无法支撑他的庞大躯体。如果约翰是城市化的，那么L.C.从不知道歉为何物的言语和穿着就是乡土化的，像个突然出现在城市街道上的猎人。他裹挟着汽油与漂白剂的气味参与我的回忆，他开的镶了木质板的客货两用车塞满了工具，加长的车身与设计看起来很像介于拖车活动房与灵车之间。他稳定为我们提供管道疏通剂、灯泡、螺钉和钉子、铁锤和钢锯、电气胶带和砂纸。

据我所知，L.C.从来都不知道妈妈同其他男人的关系，哪怕我天真懵懂、直言不讳，时不时会背叛妈妈的信任。

有一次我就这样做了，当时埃迪挨着我在沙发上坐定，他那双穿着黑袜子的脚交叉搁在地板上，眼镜盒的边缘从衬衫口袋里探了出来。他很瘦小，窄窄的肩膀驮着椭圆形的脑袋，头发很短，几乎剃到头皮，胡子像复活节彩蛋的装饰一样细如铅笔尖。大多数时候他都是个安静的男人，但是那天，在他买给我和妈妈的箱形彩电上看《星际迷航》时，他一直喋喋不休。每隔几分钟，他就要龇牙咧嘴地插嘴道："我不喜欢那种虚假的东西。"（他常常觉得我的兴趣和娱乐活动令人困惑。比如说，当他看到我俯身对着棋盘，移动白色和黑色棋子，就会像抓住我手淫一样看着我。）

剧集快结束时，我问他是否认识约翰。

他直勾勾地盯着地板："约翰？"

"是的，"我说，"他前几天晚上在这里看《夏威夷特警组》。"

后来，妈妈和朋友们分享了我的失言。这成了我们家经久不衰的笑话，就像埃迪总是买来一棵没他高的矮小圣诞树。

他定期同我们待在一起，在我们的公寓里，带我们去他的公司出差，甚至参加社交活动，这样的时候实在太多，以至于在青春期，我和他在一起的时间比任何其他男人都多。他总是为妈妈随时待命。每当她需要他时，便会指使比我大七岁的堂兄查尔斯打电话到他家，假装是他一起跑步的朋友，也在印第安纳轧钢厂工作。那时候我从来没有想过他和妈妈是在搞"婚外恋"。对这一切的对错我也毫无概念。一进我们家，他就会在门口脱掉鞋子，脚穿黑色袜子，双手叉腰站着（两只偷偷向外窥探的小脚活像宽松长裤下的两只小老鼠），时刻准备为"爱丽丝·梅"服务，这是他对妈妈的爱称。在他穿上鞋离开前，常会给妈妈塞些现金，几张脆生生的钞票。

这三个男人之间有什么财务上的界线呢？设定了什么限制呢？

读高三时的某天下午,约翰开着他干净舒适的车来接我和妈妈。竟然是要去买一套全新的立体声音响,我惊讶极了,车开往电器商店的路上,我一直情绪高涨。记忆中,我穿过玻璃推拉门,一个情绪饱满的销售迅速锁定了我。我早已做过功课,我们交谈,销售评估我们的需求,他讲起话来抑扬顿挫,带我踩过釉面地砖,约翰和妈妈磨磨蹭蹭地跟在后面。立体音响沿着墙壁分层排列,LED灯光从中倾泻而出,淹没整间商店,如水一般共振,空气中闪耀着音乐——迪斯科、放克、R&B、摇滚。一个小时后,我选择了接收器、唱盘、胶片盒与唱针、磁带录音机、扬声器,超出了约翰设下的一千美元预算。但我还不满意。

手持信用卡,约翰跟着销售去了收银台。我趁机告诉妈妈:"我们需要 个均衡器。"

她没吭声,只是迈步走向收银台。我重复了我的要求。她继续走,仿佛没听到我说话,但是一到收银台,她便点了下头,并抬起头,目光一闪,就这样结束了。

回家路上,我阴沉地坐在后座,不满足,不感恩,闷闷不乐,恶意满满地瞪着妈妈,恶意满满地瞪着约翰。约翰开车很放松,屈着胳膊肘,搭在敞开的车窗上,指尖掌控方向盘。而后他的眼中有什么动了一下，几乎难以察觉。其他的动作随之而来。他的头和手臂时不时抖一下，噼啪作响，仿佛他的身体里开始了一场小小的雪崩，这是多发性硬化症的症状，这个病几年后便将他击倒，那时他也只有四十多岁。

轧钢厂骗走了埃迪的养老金，几年后肺癌便将他打倒。在工作满二十五年之前，工厂开了他，只留给他接触有毒物质二十余载的经历。

我已记不起妈妈如何接受这种失去，或者又是如何接受失去约翰和 L.C.，我只记得埃迪去世后，妈妈就再也没有男朋友了。深深烙在我心里的是她自己的母亲去世时，她所展现出的彻彻底底的悲伤。

一九七九年秋，我刚上高三，外祖母乘火车从南方来看我们。我知道她病了，正与胃癌作斗争。她已经忍受了六十六年的艰难岁月。她在一个分成制种植园长大，十八九岁时开始和姐妹们一起做计日工作，这是她传给我妈妈和姨妈的职业。我所认识的她是个愁容满面、不苟言笑的女人，当我和表亲们一起在西孟菲斯跟她一起过夏天时，她鲜少对我们亲切以待，很快就会批评并惩罚我们，甚至每天早晨逼我们喝下一大勺鳕鱼肝油，表现得也格外残暴。

她的来访大多平淡无奇。她睡在客厅的沙发床上。我们会一起看她最喜欢的电视节目《桑福德和儿子》，还有《沃尔顿家族》。我是个情感充沛的人，格外注意到的却是她使用过度的假发，这假发一直都不大合适，灰色头发逐渐脱落，她的脸松弛疲倦，没戴假牙的嘴巴皱巴巴的，沙包一样肥胖无力的双臂，以及布满肝斑的小腿。她过来的那几周，我们很少说话，所以我很吃惊有一天她竟然张嘴给我建议："不要当个壁花。"在她回家去的那天早上，整理行李时她停了停，指向我摆出来的象棋奖杯，并开始哭泣，自豪，我的成就预示了这个家庭将拥有更美好的明天。

几个月后，有天晚上我梦到了她。在我最后见到她的这一次，她瘦弱不堪，坐在我的床边。她对我说："我再也见不到你了。"我拥抱了她，感受到她皮肤之下的骨骼，我哭了。

第二天早上，妈妈告诉我外婆昨夜去世了。随后妈妈说："现在我谁也没有了。"

我不明白她的意思。我难道不是个人吗？我们不是两人组成的国度吗？

唯有到如今，四十年后，我才真正开始体会到她的感受，兜兜转转终于理解了，我童年时期的巨大恐惧成真了。

我走进养老院，来到"日间休息室"，发现妈妈坐在轮椅里，停在桌子旁，她的九十岁就安置在这个皮革和钢铁构成的装置中，在两个橡胶轮子的引导下，过着受限的日子。

她主要问我问题："我妈妈叫艾迪？……我有一个兄弟？……他被杀了？……我有一个姐妹？……她有四个孩子，但其中一个死了？……我的一个侄子叫拉里？……他吸毒？……你吸过毒吗？"

接着，看起来有点糊涂，她问我："杰弗里，现在我们该怎么办？"

"什么都不做，"我说，"我们就坐在这里。"

"我们只是坐在这里？"

"是的。"

她接受了我的答案，随后将目光转回挂在墙上的电视，几分钟后又重复了一遍这个问题。

我无法拯救她。没办法从时间和疾病的废墟中拉她出来。我无法将自己从悲伤沉沦之中拯救出来。"现在我谁也没有了。"

在地平线上

麦吉·施普施戴德

二十五岁那年,我在南塔基特岛住了八个月,度过了一整个冬天。之所以决定去那里,是因为我正在写一部小说,背景就设置在这座岛上,只是稍稍进行了一些伪装。而且我从刚刚结束的研究生课程中拿到了一些奖学金,基本能够支付相对便宜的淡季花销。我没有其他地方可去,我以为我会遇到什么人。

但我没有遇到。公正地说,没有太多人可遇见。在我住的街道上,唯一还有人住的房子阴森破旧,院子里铺满了厚厚的落叶,屋后隐约渗透出电光,但前面的房间总是一片漆黑。有时我会看到手电筒的光束在屋内四处晃动。当我在当地犯罪记录中查询该地址时,得知屋主因偷了一个残疾人两百美元而于两年前被捕。有一次,我把车停在围栏边,后来发现栅栏间卡着一根奇巧威化棒和一个网球——是给我和我家狗的,就像布·拉德利①那样。

哪怕在有可能与人类同胞交流时，我也很快摈弃了与人闲聊的习惯，变得回避。曾有连续五个星期，除了买咖啡或杂货之外，我一次也没有跟人面对面交谈过。我日渐刻板地服从于我的日常秩序，对完成简单的任务焦虑到不可理喻，生怕引人注目。小时候我很害羞，而害羞的人常常认为别人对他们过度关注，其实并没有。把垃圾带去岛上垃圾场时，我担心自己会搞砸，人们会看到我的无能并对我评头论足，知道我并不属于这里。但垃圾场并不复杂，也没人注意或关心我做了什么。

遛狗时看到的自然美景——冰冻的池塘和雪白的海滩，白浪滔天的大海上，日落柔和浅淡——有时会让我觉得无关紧要，甚至令我心灰意冷，因为没有人和我一起并肩而立，说一句"哇，真漂亮"之类的话。第一次来这座岛时，我是和前男友一起，我常常想起他。在毫无交流的五星期快要过去时，两个朋友过来看我。我冲他们说个不停，直到他们疲惫求饶。半夜，鲍比经过我的卧室去洗手间时，我惊醒了，猛地坐起来，惊声尖叫。

但是，慢慢地，不知不觉间我就改变了。街道上的房子门

---

① Boo Radley，《杀死一只知更鸟》一书中的主角。

窗紧闭,在这里度过的晦暗多风的冬日似乎给我打了一针预防孤独的疫苗。我不认为我真的免疫了,我不认为任何人能免疫,但至少我不再害怕独自一人,这就几乎等于免疫了。离开南塔基特后,我开始寻求独处,并享受它。

一种皈依者的狂热表现在我为杂志写的有关独自旅行的文章中:我曾头顶全日食,独自立于山顶。我曾头顶北极光飞速涌动的绿色羽翼,立于冰冻的湖边。我曾漂浮在南太平洋上,座头鲸在我的身下歌唱,歌声在我的胸腔中经久回荡。我有深爱的人,我希望他们也能体验到这些,但如果我等待他们,那些事情我便一件也不可能做到。

人们告诉我们,回忆总在分享出去时才最美妙,但我要说,有时将世界当做最美味的夜宵一样贪婪吞下,独属于你,也挺好。我要说,无论怎样,我们的记忆永远都只属于我们自己。我要说:去旅行吧。

而我最渴望的旅行是一条独自徒步的路线,位于瑞典北极,长二百七十英里,这条线路名为"国土大道"。在这条路线上的某些地方,有公共小屋可供留宿,但我会睡在我的帐篷里,对独行者而言超级轻便小巧。我原计划去年前去,但被临时出现的杂志工作耽搁了。而今年,新冠病毒大流行无疑也会让这个计划破产。在被迫隔离的孤单中，我梦想着自由选择的独处。

一九三四年，极地探险家理查德·E.伯德决定在一幢小屋里独自过一次南极的冬天，这栋小屋距离探险队的其他成员有一百英里远，他们窝在相对舒适的基地里，就在罗斯冰架的边缘处。最初，他声称他的目标是通过极其严峻且黑暗的冬天进行气象观测，但是，在写有这段经历的书的开篇，孤单，他承认他也想"长时间品尝平静、安静和独处，从而搞清楚它们到底有多好。"他想象着一个季度的平静思考与研究，唯有风、极光和留声机的声音作伴。他要将身体置于一个偏远、恶劣的坐标，而后更深入地缩回内心世界，看看能发现什么。伯德的意图可能一度是真诚的，但他也同样深谙宣传之道。他深知政府对其探险活动的赞助取决于持续不断的名气，他清楚一个隐士般的南极冬天将诞生英雄史诗般的报道。

最终，伯德在被雪覆盖的小屋中度过了四个半月，他称这栋小屋为"前进基地"，但他没能获得多少平静。雪与冰不断堵塞他的通风管道，并积压在他通向地表的活动板门上，时刻都能把他给活埋了。让问题变得更严峻的是，加热器正在泄漏一氧化碳。他陷入了深度抑郁，被倦怠、夜惊和身体疼痛所折磨。最终，伯德传送的摩斯密码越来越模糊，引起了探险队员的警觉，从而前去营救他。哪怕是在最佳条件下，穿越裂隙纵横的罗斯冰架也绝非易事，要在隆冬时节的黄昏，顶着极端寒冷，伴随超强风暴的持续威胁走这样一趟，真是危险至极。他们成功了。伯德被救了回来，劫后余生，可一氧化碳中毒带来的影响却从未完全消除，无论是肉体还是精神上。

有时我会思索，为了增强对孤独的抵抗力，我所付出的代价可能远比我意识到的要大。我正处于这样一个人生阶段，婚礼扎堆，头胎纷纷出生，对许多人而言，在这一人生阶段，缺失了这些似乎很棘手，甚至可怜。人们喜欢说，你必须得先独乐乐，然后才能同他人一起快乐，但似乎并非如此。我认识很多人，他们讨厌孤单，找到伴侣的幸福被一种轻松解脱的感觉放大了。他们对于孤单的厌恶，有时甚至是恐惧，让他们准备好迎接爱情，激励他们给出许诺。但是，如果你真能独乐乐，如果你已经为爱情准备好这一神话般的先决条件，那么你很可能也已经让爱情变得不那么必要，让自己不那么容易迎合他人的需求、时间表和怪癖。你冒着变得我行我素的风险，不可能感受不到自己就要窒息而死。

一位针灸师给我把脉时说，他看得出我是一个身披盔甲的人。过后我问我妈妈，她是否认为我有盔甲，她哈哈大笑，像是在说，废话。我能否区分满足感与盔甲的差别呢？似乎一个应该是轻盈的，另一个则是沉重的，但你完全可以逐渐适应重量，一段时间后甚至都不再有所知觉。

孤独的起因远比缺乏浪漫爱情更为多样化，但爱情明显是我生命中长期缺失的社交类别。一般情况下我并不介意。通常我会说我更喜欢自由。但有过那样的时刻（比方说，在一个婚礼上，我不认识几个人，开始跳舞时便悄悄溜走），沮丧弥漫内心，一个声音在耳边低语，如果有人陪伴，无论是谁，我都不会有这种感觉了。但那只是大脑的把戏。一个谎言。过去十年来，我的所有关系都是远距离的，可我仍觉得无比窒息。我会在久别之后与某个男人在某个地方见面，制造一场愉快的重逢，但很快我就发现，我还是希望孤身一人，这样就可以享受自在时光了。

不过我有个假设，一个"本来可能发生"的假设。多年前，我突然且仓促地迷恋上一个刚认识的男子，他深深地吸引了我，我从未有过这种体验，此后也再没有过。我们在一起过了一夜。他已经有另一半，有稳定的生活，第二天他就回到了他们身边。等回到我们相遇的城市，我发现整座城都浸透了孤独。孤独渗入我的躯体，但也会随时间的推移而减弱，仿佛遵循一种衰变时间表，一种半衰期。

在切尔诺贝利禁区，围绕熔毁的核反应堆，方圆一千平方英里内都禁止人类活动，野生动物在充满放射性的地表茁壮成长，受到了灾难的庇护。远程摄像头传来它们的影像：野猪、狼、狍子、鹰和鹳，甚至欧洲棕熊，近百年来人们都不曾在此地目击这些动物。科幻作家布鲁斯·斯特林创造出"非自愿公园"这一术语，指的是我们把某个地方糟蹋得不再适宜人类居住，于是退还给自然。朝鲜与韩国之间的非军事区也是其中之一。这里宽二点五英里，长一百五十五英里，被围栏、墙壁、哨塔和地雷包围。但是稀有鸟类和亚洲黑熊生活在里面。有些人甚至认为行踪隐秘的东北虎和远东豹也慢悠悠地穿行在那条狭长的完美荒野之中。

那个人没可能了，但并没有留下真空。他原本将要占据的空间被其他事物填满了。我在有关独自旅行的那篇文章中所列举的经历——极光、鲸鱼、日食——正是由我所拥有的生活实现的。未曾开发的野生地带、被遗弃的地方，都令我兴奋不已。新的可能茁壮成长，日益浓厚。

终有一天，我可能会拥有一种截然不同的生活。我们蹚过时间与空间，潜在路径是复杂且难以预料的。即使是最微不足道的选择，也没人能告诉我们可能的后果，没有人能代替我们过我们的人生。我们对自己负有基本的、与生俱来的责任，哪怕使尽浑身解数，也不可能抛下这份责任，而那对我来说就像一种不可撼动的孤独。我们被肉体与思想包裹，虽然可以运用它们与他人建立联系，从而感受亲密，但这种亲密是有限的。也许恰是完美结合、完美理解的不可能，使得寻求连结如此诱人，使得共鸣的瞬息如此深刻。

孤独在我们生命的地平线上站岗守望。我们孤身进入这个世界，再离开这个世界，这两者才是仅有的真正意义上的普遍经验，却也同样是没人能传授我们的经验，我们又该如何解释这一事实？

我从未近距离接触过死亡，至少我自己不知道。但有一次，那架小飞机因天气原因，在北冰洋上空越降越低，飞行员在强劲的侧风中三次试图着陆都失败了，他面容严峻，精神高度集中。还有一次，在德里，和朋友分开后，我和一个陌生人同上了一辆车，我以为他们会把我载过街角，结果却带着我出了城。最终都平安无事，但很可能会出事。或许还有许多其他我未曾留意的时刻，全凭机遇和他人摆布。

也有过一些时候，命运完全取决于我自己。我曾发现自己身处十字路口，回头再看，我能看到那条没被选择的路似乎径直指向那个神秘的终极地平线。比如说，我因为旅行杂志的工作前往马尔代夫，完成了一次寻常的六十英尺水肺潜水，一小时后，我的视野中央忽然闪过一道电光。麻木感开始沿着右侧肢体向上蔓延。这很可怕，但并不陌生，我对我的偏头痛进程了如指掌。麻木感之后就是口齿含混、思维混沌，而后便是钻头凿穿我的左半边脑袋。起初，我没有意识到出现了新情况。某种肌肉疲劳一样的钝痛传遍了全身上下分布有脂肪的部位：我的胯部和臀部、我的乳房。或许是潜水让我比想象中更累？但紧接着我的关节就开始痛。一种又痒又刺痛的皮疹布满我躯干。几个小时内，我唯一能做的就是忍受，尽量小睡一下。随船医生上了年纪，而且是法国人，不怎么讲英语。他确信我是中暑了。当我说我并没有暴露在阳光下时，他耐心地笑了笑，建议我服用一片布洛芬，喝点水。我疼痛难耐，认知混乱，除了顺从外，什么都做不了。

后来我才意识到自己是经历了轻微但仍旧极为折磨人的减压病，或者说是屈肢症。潜水期间，当氮在血液中大量聚集却没有时间安全排出（通常是因为仓促上升），转而通过组织中的气泡排出，屈肢症就会出现。后果可能非常严重，甚至致命。潜水员倾向于认为，只要遵守某些规则，屈肢症就可以百分之百避免，只有无能者才面临风险，但事实并非如此。谨慎的潜水实践可以大幅降低患上减压病的可能性，但不可预测的生理因素就是爱开玩笑。例如，有的人两个心房之间有个穿孔，这样的人占据百分之二十至百分之二十五，对大多数人来说不会致病，即便潜水也没有影响，但对有些人而言，却可能与先兆性偏头痛以及减压病的发生几率增高相关，即便只是进行适度且温和的潜水，我怀疑我很可能就是这样。

有时候，如果不治疗，轻微症状也会突然恶化。吸氧气可能有所帮助，去加压舱可能是必要的。我的症状恰巧自行好转，但之后几天我都觉得身体像撞伤了，极为酸痛。那天晚上，我找到潜水教练，解释发生了什么。我告诉他得取消第二天的潜水。

他坚称我搞错了。"潜水绝对安全，"他说，"你的问题出在其他地方。但你如果不想潜水，就随便你咯。"

他说得对，我们潜水时始终遵循标准安全参数。我猜他不想考虑减压病的可能性，因为他以为我会责怪他。但我并非此意。在精英洞穴潜水员吉尔·海纳思的回忆录《深入星球》中，她描述了一次严重的屈肢症发作，几个月后读到这本书时，我因认出这个病而先是皮肤刺痛，进而愤怒，当时船上竟然没有一个人相信我。她的减压病比我严重得多，毕竟她的潜水在时间和深度方面都逼近极限（纵然对她来说只是寻常），但她对这种感觉的描述我真是再熟悉不过，熟悉到可怕：瘙痒性皮疹，深入骨髓的疼痛，筋疲力尽，就是觉得不对劲。"我感到一种毁灭性的恐惧，"她写道，"担心我但凡动一下，就可能向我的循环系统释放出一颗气泡，使我瘫痪或死亡。这就是屈肢症的狡诈之处。潜水员可能只会起轻微的皮疹，但别人却可能倒霉透顶，一个气泡卡在非常糟糕的部位，比如脊髓或大脑。"

我犹豫了一下，盯着潜水教练。我讨厌感觉到自己怯懦脆弱，仿佛又变回了孩子，编造一些牵强附会的借口来逃避体育课。在出现减压病后的第二天再次潜水必然危险至极。然而，我发现自己竟然真的在考虑再次潜下去。可为什么呢？仅仅是为了向这个人，这个陌生人证明我不是个懦夫，就不管那可能意味着什么吗？真要说有什么意义，更有可能的是最终证明我是对的，而这将是灾难性的。然而，若是同意他的说法，没错，我只是中暑了，屈服于他的潜水专业知识，亦步亦趋，肯定能得到一些安慰。忽然间我陷入了绝望的孤独。我无法接受体内发生的变化，让它变得具体可见。我不能将它作为证据摆在他面前。这份痛苦只属于我，下一步该做什么的决定也只属于我。我知道他和医生都认为我是神经过敏，明明是他们的错误，可我依然感到尴尬，甚至羞愧。

我说："我认为我不应该再潜水。"

"你决定就好。"他耸了耸肩，说道。

当人们处于生死攸关的情境或创伤之中时，便会频繁出现某种现象。一个外在的人类存在出现了，综合提供某种陪伴、鼓励与引导。（约翰·盖格尔写了《第三人因素》来讲述这一现象。）这种存在可以说话，可以活动，也可以仅仅在某人的意识边缘徘徊，陪伴他们，延缓绝望。它可以是一个熟悉的、能认出来的人——通常是亲戚或朋友，几乎总是已故的——也可能身份不明，不具性别。最著名的例子之一是欧内斯特·沙克尔顿和两个同伴分享过的感受，他们的船"耐力号"被冰层摧毁，为了寻求救援，他们穿过南乔治亚岛的冰川和山脉，就在这孤注一掷的时刻，他们感到有人与他们同行。约书亚·斯洛坎姆是独自环球航行的第一人，他在航行记录中描述了一次事件，他因食物中毒动弹不得，有个从克里斯托弗·哥伦布"品达号"上来的幽灵船员驾驶了他的小帆船，直至他康复。二〇〇二年九月十一日，在世贸中心南塔坍塌前，最后逃出来的那个人觉得有人引导他下楼梯，催促他翻过瓦砾，穿过火焰。类似的故事在登山者、士兵、宇航员、船难幸存者中广泛存在，这些人有意识地或全然没有意识地发现自己身处绝境。

有些人将这些存在的现身视为上帝派来的守护天使。其他人则猜测，大脑可能会栩栩如生地生成一个同伴，来帮它应对重压，也就是在大脑内制造一个天使。这些人并没有幻想出一顿饭、一张温暖的床、其他有用的物品或是能带来物质享受的东西，在虚幻之中这些东西也类似于投降，这种美丽与心碎令我深受震撼。（如果你正在暴风雪中拼尽全力下山，却躺在了幻想出的床上，那肯定是不会再起身了。）他们没有，最想要的仅仅是不孤单，一旦他们不再感到孤单，便能找到内在勇气，继续前行，即便事实上他们依旧孑然一身。在许多叙述中，一旦可以确保生存，这种存在就会立即消失，它的工作完成了。

我们能从另一个人身上获取的联系和亲密是有限的,但大脑显形出的同伴则体现了人类相互连接的力量,也体现出我们有多么渴望这种连接,以及我们怎样从与他人的纽带之中汲取力量。在这些案例中,大脑是幻化成另一个人,从本质上施展了保护咒,从自力更生的孤独重担中寻求解脱。服从于牢固而可靠的权威,拥有值得信赖之人,获取平静,节省能量,这是一种怎样的解脱啊,即便这个权威并非真的是脱离我们自身的第三人。当然了,没人知道那些没能生还的人是否也会感觉到这种存在。如果他们确实感到了,我希望它能一直陪伴他们到最后,这样他们就不会孤单地死去,即便他们身边空无一人。要是有一天,我发现自己独自在山上或迷失深海,接近地平线的灭点①,我希望有人来会陪伴我,即使我身边只有自己。

---

① 在线性透视中,两条或多条平行线向远处地平线(Horizon Line)伸展直至聚合,这个聚合点就是灭点,也就是视觉中线条的消失点。

2020，出埃及记

艾米丽·拉伯托

第一个离弃我们位于曼哈顿上城区公寓的是 A，她是住在 5 号房的剧本顾问。三月末，在疫情爆发之初，她带着双胞胎女儿一起叛逃了。她们逃离前的那天晚上，我在地下室的洗衣房看到了她，她正把一大堆脏衣服疯狂地往全部四台洗衣机里塞。传染病在城市里迅速蔓延，加之蛊惑人心的政客威胁关闭州界，使得她惊慌失措。她此刻就是执拗于最坏的情况，全然无心将白色衣物与深色衣物分开。谁又能责怪她呢？已经有一千个纽约人死去。自从学校停课，作为一个需要工作的单身母亲，她的生活完全无法维持。她要等到晚上女儿们睡下后，才能通过网络勉强完成工作。没有托儿所，也没有可以分担重任的伴侣，A 已经快要油尽灯枯，连鞋子都穿错。

A 说，她的计划是开车去康涅狄格州，她年迈的父母住在那里。她会花光应急储蓄，在一家 Airbnb 民宿自我隔离两周，然后再搬进父母家。如果这还不算紧急情况，那她真不知道什么才算。她要求租一辆有康州牌照的车，谨防公路巡警试图在州界处将她劝返。A和一对孪生女儿将一路走到布朗克斯拿车，这是她们迄今为止走过的最远的路，因为地铁系统已经成了病毒载体。但是，我的邻居坦白说，如果她已经被感染，女儿们的监护问题她毫无计划。要是她死于这个病毒又该怎么办？要是孩子们也感染了，她的父母不可能冒险接管她们。她的姐姐远在加利福尼亚，可能无法按照变来变去的指导方针飞来看她。A将洗衣机设置为"洗重物"，如果出现那种可怕的结果，她担心女儿们可能会由州政府临时监护。

我答应会照顾她们，直到她的姐姐过来。我们当然要照顾。这不就是社区的用处吗？她的孩子和我们的孩子是朋友，她可以相信我们能护孩子周全。"谢谢你说这话。"她哭了。随后她给了我备用钥匙，并允许我打劫她的冰箱，为5号房的凌乱而道歉，而后就离开了。几周后，我在一台烘干机下面发现了一只粉色的小袜子，裹满绒毛，我猜是她匆忙之中弄掉的。那时，二十四小时地铁系统已经关闭，从凌晨一点到早上五点进行消毒，A冰箱里的牛奶已经变质，大堂里的包裹被偷走，一半的住户已经离开。

接下来离开的是B和Z，他们住在34号房，分别是中学教师和出庭律师。在带着年幼的孩子迁往罗得岛和姐姐一起生活前,Z发短信找我求助。这是四月初的时候。我希望他们是需要我们照顾他们的猫。以前他们出外度假,我们照顾过猫。我认为有一只要照顾的动物能帮我们度过混乱,回归正常。但Z回复说他们要带着猫一起走。她说不准什么时候才会回来。她已经安排好将邮件转到姐姐的地址,但想知道我能不能将已经在路上的包裹塞到34号房去。她正在等几个包裹,都来自名为"兴旺发达"的食品服务公司,我可以拿走其中一箱。

当然可以,我对Z说,尽管他们一家的离开让我有点难以接受。我并不是真的怨恨他们做出了这个选择。三千五百名纽约人已经死去。但他们的离开让我开始怀疑继续留下的风险。我们比他们强悍,我巩固决心,我们是真正的纽约人,接受现实,岿然不动。事实上,我很怕感染新冠病毒或传染给他人,为周围关门的店铺伤感,也为同事与邻居的死亡哀悼,但是我们无处可去。一部分的我羡慕Z的逃离计划——这部分的我希望我的孩子能茁壮成长。而另一部分的我则希望目睹城市的转变并参与重建——这部分的我致力共同利益。Z派她的丈夫到六楼来给我们一套钥匙。我从B的脸上读出了挫折煎熬。在疫情流行的那个时间点,我们还没有按规定戴口罩,全方位的悲痛一览无余,从难以置信到穷途绝望。B看起来黯然,像个背叛了妻子的男人刚被抓了现行。

"挺住,兄弟,"我丈夫鼓励他,"我们过阵子再见。"他这样说是出于善意,假设疫情会结束,邻居们最终都会回来。但我却开始思索,要是他们永远都不回来了该怎么办?

那个月,和不断攀升的死亡人数成反比,整栋楼陆续清空。那些有能力离开的人都离开了。谁知道竟然有那么多人都有第二个家,或是有个家庭能提供充足的空间来接纳他们?与A、B还有Z不同,大多数邻居都不曾告别。作曲家P和他的妻子K就在公寓楼的理事会任职,却叛逃去了度假屋,也在康涅狄格州。我很怀念在电梯里撞见他们和他们有关节炎的狗小五。他们忘了关掉闹钟,我们透过与61号房相邻的墙壁,听到它响个不停,提醒着他们的缺席以及普遍的警戒状态。

即将退休的古典学教授R和L则离开了66号房,前往位于卡茨基尔山的小屋避难。我竟然会想念R满嘴酒气站在邮箱旁边说些淫秽言语,这怎么可能呢?D失去编辑工作后把64号房间挂牌出售,在那之前她给我们拿了些自己烤的玉米面包,做这个就是为了打发时间。电影总是把世界末日描绘得惊心动魄,她谈论道,但这场大灾却变得实在无聊透顶。

我不确定 M 去了哪儿，他是住在 45 号房的钢琴老师，也不知道 T 去了哪里，他是纽约爱乐乐团的低音提琴手，住在 24 号房。我只知道我很怀念那悠扬的音乐，从前他们练习乐器时，音乐总能透过通风管道传来。取代这些音阶的是日益频繁的救护车鸣笛冲向医院，每小时都有好几次。我没再见到来自 63 号房的可爱老太太 F，她总是穿戴得体准备去教堂。J 是我们的公寓管理员，通知我们她正在做透析，之前她是被担架抬出去的。我们留下的人每天晚上七点都会挤在窗户前，疯狂地为医护工作者加油，敲打空罐子。"活下去"，我的小儿子反复高呼，他在一团乱麻的客厅绕圈暴走。他的哥哥收拾了装满动物玩偶的背包，宣布要离家出走，要去和朋友们一起生活，因为他病了，并且厌倦了隔离，但他所有的朋友都走了。除了躲进衣柜，根本无处可去，后来我发现他在衣柜里搞了个侦探社的标志。解决谜题 1 美元。失踪的人将被找到。

在四月中旬，我联系了 H，他是住在 41 号房的年轻拉比[①]，询问他怀有身孕的妻子 Y 是否已经诞下孩子。一万名纽

---

① Rabbi，犹太人中的一个特别阶层，是老师也是智者的象征，指接受过正规犹太教育，系统学习过《塔纳赫》《塔木德》等犹太教（Judaism）经典，担任犹太人社团或犹太教教会精神领袖，或在犹太经学院中传授犹太教教义者，主要为有学问的学者。

约人已经死去。大量尸体堆叠在布朗克斯公墓的乱葬岗，或是摞在冷藏卡车中，以减轻殡仪馆和太平间的压力。与此同时，也有新生命诞生。我想看看这个婴儿，想接近新的生命，即使去闻她的小脑袋对我而言并不安全。

H的手机号码手写在一张蓝色便笺上，是早春时节他贴在电梯镜子上的：嘿，邻居们！如果你生病了，年纪大了，或是别有原因无法离开公寓，我很乐意帮你们将食物/物品放在门口。保重！多么善良。由于纸条还贴在那儿，我以为他、Y还有两个蹒跚学步的孩子仍在这里。如果孩子出生，我凭借经验知道H和Y此刻需要这样的善意。我打算为他们准备一些犹太餐食，可以保存在冷柜里，需要时热一下就行。不用了，H说。孩子的确出生了，是个女孩儿，他们取名为R，母女平安，考虑到目前的情况，他希望我们也一切都好，但是他们已经离开了纽约。

该如何描述这种情形所带来的孤独感——与这个大都市一起被遗弃了，被关系并不紧密的熟人给遗弃了，而生活的图案正是由他们构成。在曼哈顿岛上，我们抬头不见低头见，每平方英里都有超过七万人。我住的楼房有六层、四十四个单元。

我们中有些人很穷，有些人则相反。我认识每一个住在这里的人，就算不知道名字也认得出来。尤其是，我认识其他有孩子的家庭。我的孩子们都是在这个公寓出生的。我的丈夫往楼上、楼下及左右两边的邻居门里全都塞了便条，给他们打预防针，提醒他们我分娩时会发出动物般的嚎叫，这样他们听到我的哭声穿透墙壁时，就不会以为我受了伤害。有时，我觉得这栋楼是有生命的，当然它并没有。是我们这些住在这里的人让它活了起来。

十年前，我的大儿子出生，J 从 23 号房上来送了份婴儿礼物，是只蓝色的小象。几年后，当我去 32 号房教 R 怎样给孩子喂奶时，认出了坐在梳妆台上的那只小象。我猜她是在地下室的变废为宝活动里发现它的，我当时用它同另一个邻居小孩换了个玩具，他因长大而不再需要那个玩具。这就是合作生活的持续性和互帮互助的语言模式。我能借个鸡蛋吗？你能帮我喂猫吗？你的厕所搞得我家天花板漏水了。我多做了些，拿去吧。

去年母亲节，我们这些有孩子的人在小巷里种了个盆栽花园，楼里的垃圾和回收箱都放在这条小巷里，种好后就有了个绿色空间供我们聚会玩耍。才过去一年吗？我们种了凤仙花、玉簪花和蕨类植物，都是些能在隔壁建筑物的阴影中存活下来的植物，那栋楼离我们太近了，因此我们只能享有一条狭长的天空。我们达成共识，轮流照料花园。我们买了长椅和一套配有明亮阳伞的户外桌。我们沿着铁网围栏顶部的蛇腹形铁丝网串起太阳能灯。我们的孩子在那里玩跳房子，骑滑板车，扔水球。

而今年母亲节，纽约的死亡人数已经达到二万一千五百十七人。此时，除了我们的孩子外，大楼里仅剩的孩子是 H 和 K，他们的母亲 I 在失去土耳其床单进口商的工作后又开始吸烟。她不再和我们一起搭电梯，因为在那个小盒子里不可能保持社交距离。但丢垃圾时，我偶尔会在荒废的花园里发现她，她正偷偷摸摸地把烟掐灭在落满灰尘的花盆里。有一回她问我是否想买辆儿童自行车。那辆车对 H 和 K 来说太小了，但是也许适合我的儿子？正常情况下，她肯定会把这辆自行车送给我，她说，但现在他们需要钱。她给出了价格，我当场买了下来。

在那之后，新的习惯是和 T 在离家最近的公园见面，她的孩子和我儿子是一年级同学，我俩见面时，孩子们就在曾经摩肩接踵、如今空无一人的柏油路上练习骑车，一圈圈摇摇摆摆地骑。我们头一次打破隔离规定,安排这样的游戏日是在五月底,T和我都很激动,我们和儿子们一样渴望社交,却已疏于练习。在没有任何活动安排,也不能剪头发的季节,与小家庭成员一起困在公寓楼中,困在无数人正在或已然死去的城市中,这一约会成了我们的午后喘息。她经常给我带咖啡。我们会分坐在长椅两端,拉下口罩交谈。我们一致认为,尽管学校停课后,孩子们在家中根本就没有远程学到任何知识,纵然没有夏令营可期待,让他们失去了更多激励,但我们至少应该在新冠期间颇有成就感,因为教会了他们骑自行车。

T的家庭在病毒传播初期就被感染了。她已经康复,确信抗体能够让他们获得免疫力,免于再次感染COVID‐19,在从这座城市起飞的航班上,他们也不会进一步传播病毒,尽管这方面的科学研究仍不明朗。她正计划着七月份去圣迭戈度假三周。她想象那边的生活会更轻松些。更多空间。更多自由。更少限制。更少死亡。动物园开门了,海滩也开放了。她受够了这里,她说。老鼠。犯罪率上升。一切文化活动都休止了。"纽约死了。"她是这样说的。但我们还在这里,我坚持。即使失去了五十万人,我们仍旧是个八百万人口的城市。我不怪T想离开,直到八月份她从加利福尼亚打来电话,说他们不会回来了。那时，我家小儿子的自行车被偷了。

我记不确切旧日室友 N 是什么时候打电话来询问情况的。二十年前，我们住在第七大道的铁道公寓里，就在一家墨西哥餐厅楼上。晚上她在漆成红色的小卧室里接待一连串男友，白天则打零工，去试镜。现在她已经逃到了父母位于新泽西的第二套房里，她怀疑在布鲁克林的封锁下，自己没能力保护十几岁孩子们的安全。她已经离开这座城市很久了，久到在我看来她已不再是这里的人。

"那边怎么样？"她问我。

我们这次对话可能是发生在本地急诊的医疗顾问自杀前后，她再也承受不了那么多生命的逝去。

"很孤独。"我回答。言简意赅，我很想念花园从前的样子，那时我们全都在花园里。

N 难以置信。她说我根本不知道孤独的含义。她描述了规划社区里的死胡同，她的小家庭成员在一个毫无特色的房子里连续困了数月，就像我们大学时读过的萨特戏剧——《禁闭》。那里没有人行道，她说，没地方可去，在那个炼狱里没有人外出，除了每隔两周开上车去食品杂货店。那就是个感官剥夺室，没有差异、联结或刺激。她像渴望前男友一样渴望城市。她说只要能见到另一个人类，她宁愿舍弃右臂，哪怕只是个过路人。只为有个机会在博德加杂货店里买个牛油果，偷听一句话，或是和其他城里居民一道走上百老汇大街，走上五到十个街区，哪怕要她死缠烂打都行。

孤独的方式有很多种。哪怕置身人海。人们有多少理由离开城市，就有多少理由身在其中却倍感孤单。他们害怕自己感染病毒或传染他人。他们的钱不够，或不太多。他们被推开或被拉回来。他们梦想更好的前景或在噩梦中醒来。也许 N 和其他人都会回来。也许他们不会。我说不准。但 N 让我看到，我一直将某些特权视为理所当然。我就说到这里：昨天，当朋友 S 帮我从四十个街区外的哈林区提货点将共享农场的蔬菜搬回来时，我把他介绍给了住在一号房的 L，当时她正带着两只小狗出门，但出门前她问我儿子 G 是否愿意当晚帮她遛狗，她知道他有多喜欢动物，并报告说管理员 J 已经把盆栽植物从小巷挪到了地下室，以保护它们免遭迫在眉睫的热带风暴 I 的洗礼，因为它们是多年生植物，所以它们已经复苏了。

缅因州人

莱夫·格罗斯曼

我最接近于失去理智的时刻是在一九九一年的秋天,在缅因州一个叫做埃尔斯沃思的小镇上。

当时我二十二岁,刚刚大学毕业。毕业后的整个夏天我都在波士顿,写了一本墨西哥旅行指南,但我知道那并非我的终身事业。不仅仅是因为我从来没有去过墨西哥(现在也没有),我真正想做的是写小说。我如饥似渴地想要写小说。这是我能想象到的唯一想做的事。因此,九月来临时,旅游指南已经出版,我买了辆车——一九八五年的斯巴鲁 GL,草绿色——向西出发,寻找一个写作之处。

在人生的那一阶段,我已写过少量短篇小说,发表在大学杂志上的屈指可数。大二那年,其中一篇甚至赢得校园奖。第二名,但总归是获奖了,我觉得自己已经准备好迈向更广阔的画卷。我从来没有去过芝加哥西部,但西部似乎是个可以忘却

缅因州人 | 099

自我、蛰伏下来、完成一些真正工作的地方。我的计划是一直往前开，直至找到一个适宜的小镇，地图上的某个点，寻一份不需连续上班的服务工作，爱上当地孤独的图书管理员，写我的书。

孤独本身并不使我忧心。我真心认为，既然想成为一名作家，那么我就不同于其他人：神秘，独立，一头孤狼，汉·索洛①。我对孤独是免疫的。

我将已经成为前女友的女孩儿送到她在皇后区的父母家，然后驱车穿过宾夕法尼亚的工业乡村，第一场秋雨柔软了这里的风景。我整天都在开车，脑海中没有特定目的地，我认为，看到它时我自然知道是它。我之前没开过多少长途，比我预期的要困难得多，更少浪漫，更多无聊。

我在收音机上听克拉伦斯·托马斯的听证会。我独自在路边餐馆吃饭。一天晚上，我停在路堤上撒尿，一大群蟋蟀如一堵实心墙，跃出草丛，冲我扑面而来，害得我尿了一半就朝后摔了一跤。夜里我会找一片空地、一条死胡同或一个不太引人注目的停车场，将斯巴鲁的副驾座椅尽可能向后放倒，在车里睡觉。

---

① Han Solo，电影《星球大战》正传三部曲中的主要角色之一。

然而我未曾料到的是,宾夕法尼亚的面积大到令人沮丧。它让我失去了斗志。虽然表面上我效率极高,但实际上我很容易气馁,因此我没再往西开车,我放弃了,陡然转向了北边的尼亚加拉大瀑布。如果没能穿越整片国土,那我至少可以打卡一个重要的地理里程碑。

瀑布被一圈蜜月旅馆环绕,从而强调了我日益加剧的孤独感。我又重新考虑了一下自己正在做的事。朋友们都在继续他们的生活,搬到西雅图和亚特兰大这样貌似合理的地方,开始明智的工作,读研究生,念专业院校,而我孤身一人,到底在这里干什么呢?我真的认为自己是什么小说创作天才吗?我下了斯巴鲁,看到瀑布,果然被震撼了。而后我回到车上,向东折返。

但我不能回到波士顿,至少现在还不能回去,我才刚刚戏剧性地仓促离开,要回也不能在这个时候,所以我转向了东北方,穿过阿迪朗达克公园和范德沃克山野生森林。雨下得更大了。我又在前座过了一夜,结果被一个农夫吵醒,把我赶出他的领地。我是把车停在暗处的。车子启动不了,所以我们一起走到他家,给修车工打电话。这个农夫对我的文学自我发现之旅毫无兴趣。他是个持重且务实的人。他有真正重要的工作要做。同他在一起，我觉得自己很幼稚，全然不谙世事。

因此我继续开车。我一直紧紧握着追求文学孤独的灿烂梦想，并且逐渐意识到我仍然可以拯救它。我可以将对爱达荷州尘土飞扬的小镇的想象变为对缅因州舒适农舍的想象，彻底笼罩在寂静隆冬之中的农舍。那正是作家所需要的！我在马萨诸塞州长大，我一直都知道，同北方所拥有的真正冬季相比，我们的冬天只是打了折扣的敷衍版本。我想到了亨利·贝斯顿的《遥远的房屋》。我从未真正读过它，但这个标题总能唤起我内心一种强烈的感觉，感受到深思熟虑的孤独。我要为自己找一些那种感觉。

我驾车穿过波特兰，这个城市很迷人，但似乎不够北方，或者说不够偏远。快到班戈的时候，我停了下来，不想太过火，我就这样留在了缅因州的埃尔斯沃思。为了看房地产列表，我买了份当地报纸。随后我把车停在一条小道上，裹上大衣，准备在车里再睡一觉。有个善良的路人停下来问我是否迷路了。我告诉他我清楚自己要去哪儿。但我其实并不清楚。我不能过分夸大在二十二岁这个年纪，我对自己有多不了解，也不能夸大我对自己正在做的事有多么欠考虑。大学毕业时，我真诚地相信充满创造性的生活是人类生存的巅峰，而从事一份普普通通的办公室工作则是对那种人生的背叛，我必须不惜一切代价追求那种生活。管理咨询、法学院、医学院，这些对其他人来说都很好——我不予置评！——但我是个艺术家。我是特别的。我很闪亮。我要走另一条路。而且要独自走。这是我对成为艺术家的另一重理解：你不需要别人。别人只会分散你的注意力。我小巧的天才之蛹只能容纳一个人，仅我一人。

我在埃尔斯沃思找到了一间公寓，是个农舍的翼房，矮矮的，主人把它改造成了出租屋，离镇子有数英里之远，位于一条没怎么开发的土路上。它很完美，除了浴室，确切地讲，这只是借助薄薄几张胶合板围起来的室内而已，一次供应热水的时间不超过连续六十秒。但伟大的艺术家们经历过更糟的情形。我搬了进去，打开行李，安好我的苹果主机，开始工作。

这是我有生以来的第一次全职写作经验，每天可以写五到六个小时，但还是留下了大把空闲时间需要处理，所以我经常散步。我探索了农舍周围的区域。如今我仍旧能清晰地看到它，如看地图一般。俯瞰下去，就像《小熊维尼》中的百亩森林地图一样。左转走上土路，你就会看到一间诡异的五旬节教堂，只有一间屋，窗户上钉了木板。向右走，就会踏上一座混凝土桥，桥下是一条筑了堤坝的小溪，我曾往里扔过小树枝。桥与溪的另一边是空荡荡的夏令营场地，设施却惊人完备，面向有精神障碍的青少年。

不散步时我就开车。我听收音机，这个秋天属于普林斯的《钻石与珍珠》，还有 U2 的《神秘之路》，无可挑剔的两首歌。歌本身没有任何错，但我再也不想听到它们。在一家本地药房的后面有个游戏机室，我对着一个画质模糊但引人入胜的横版游戏打发了好几个小时，游戏叫《重装部队》，在游戏里，你驾驶一艘二维船只，穿越危险重重、极为致命的洞穴，船上装备有激光和炸弹。

我也在图书馆里花了很多时间。尽管最终证明，没有一个图书管理员孤独寂寞。

但我很孤独。那是我在校外度过的第一个秋天，我从未如此孤立无援过。那时的孤独感与今日的孤独天差地别。当时可没有手机。没有短信，没有脸书，没有推特，没有电子邮件。长途电话要花钱。互联网还没发明出来。我得通过杂志获取色情信息。如今你仍然可以孤独，但在当时，孤独有着不同的质地。它是原始的，未经雕琢的，充满野性的。

那个秋天我确实写了很多东西，不幸的是，写得不怎么样。本科时期我崇拜现代主义作家——乔伊斯、卡夫卡、普鲁斯特、海明威、伍尔夫。我认为《达洛维夫人》是二十世纪最完美的小说（现在我依旧这么认为）。然而，当我试图将他们的技巧应用于我乏善可陈的童年与青春期主题时，进展相当缓慢。现代主义作家，钦佩容易，模仿很难。他们极具辨识度的文学作品是一场高空钢索表演，若你并非大师，就会演变成灾难，而我恰好不是大师。

我刚读完唐纳德·巴塞尔姆的《白雪公主》，在我眼中，它正是未来小说的发展方向——小说要迈向它辉煌的后现代未来，这样的小说正是通往那未来的桥梁。然而，当你试图像唐纳德·巴塞尔姆一样写作时，就算你是个技艺超群的大师也还是力有不逮。你必须成为唐纳德·巴塞尔姆本人。

周五和周六晚上，在班戈有个"二十三岁未满"俱乐部，车程四十五分钟，我开车去过几次，因为太渴望接触人类。这个俱乐部禁止饮酒，所以进去前，我将副驾驶座上的伏特加痛饮了五分之一。可一旦进去，情况就不大对了。我感到自己和其他人之间有一道无形的屏障，是多少伏特加都无法溶解的屏障。我已然忘记了如何与人交谈。我本就浑身缭绕着巨量的社交焦虑，所有独处的时间都让我的焦虑激增，变得更加严重。

因此我会像个笨蛋一样杵在那儿，在后面的房间里打打台球，然后独自开车回家，穿过因寒冷而生长迟缓的松林，它们也同样绝望，斯巴鲁的卡带式播放机中，莫里西唱着《此刻有多快》[①]。

钱逐渐成了一个问题。十月底时，我正飞速消耗旅行指南的稿费。我找工作，但工作机会不多。埃尔斯沃思严重依赖夏季旅游，到了秋天就人去楼空。我和临时工机构签了约。我申请的工作有高尔夫俱乐部场地管理员、巴尔港的报纸编辑、乡村路线上的邮递员。但一个都没雇佣我。我开始感到一丝孤立无援。

我的确遇见了一个女孩。我已经忘了她的名字，我想是杰西卡，她在当地书店工作，实际上主要售卖文具用品。我在书店放了份简历，她拨了上面的号码，不是为了给我一份工作，而是因为她和我几乎是这片区域唯一二十出头的年轻人。我们出去喝了几次酒，我非常非常感激她的陪伴，但无论如何我俩就是不来电。她还没有忘记前男友，对方搬去了洛杉矶，出演《忍者神龟：变种时代》里的一只海龟。

当时，我甚至不确定我是否真的理解自己究竟有多孤独。回到现实世界中，我有朋友，但我从未邀请任何朋友来看我。

---

① *How Soon Is Now?*，由英国史密斯乐队于1984年首唱的歌曲。

在某种程度上，我仍旧不相信自己会感到孤独，尽管孤独就在眼前，日日夜夜。

到了十一月底，在形单影只、虚掷时光、创作失败的重压下，我的神经开始崩溃。我写得越来越少，也越来越不喜欢自己写的东西。我觉得必须得完成一些事，否则无法上床睡觉，任何事都好，但那通常只意味着熬夜到天亮，然后因为精疲力竭而昏厥。我没有电视，但我会看好莱坞上映的所有电影：《铁钩船长》《豪情四海》《恐怖角》《再续前世情》《义胆风云》《星际旅行6：未来之城》《高地人2：天幕之战》。我开始觉得书和音乐变得异常生动。我一遍遍播放罗克塞特的专辑（是《快乐旅程》），并深度分析歌词。我读了《尤比克》，这本书并没能让我将现实抓得更牢。那里有个超市，几乎不化什么钱就能买到旧的漫画书，我变得极度沉迷于美国队长寻找红色骷髅的故事（红色骷髅伪装了自己的死亡，但美国队长并不买账）。

天气日渐变冷。浴室的状况成了问题所在：洗澡成了一个沙克尔顿①般的严峻考验，时不时就要被短暂的滚烫插曲打

---

① Ernest Shackleton（1874—1922），20世纪英国著名探险家，带领探险队在南极附近发现了南磁极。1915年第三次远征南极，他的"坚韧号"困在了南极威德尔海面。他和27名船员乘坐救生艇在南大西洋上漂流了18个月。历经重重磨难，最终获救。

缅因州人 | 107

断。我也同样付不起那么多钱，让房子的其余部分都能保暖，所以我经常待在床上，直接拿着瓶子喝百利甜酒。房子开始受到苍蝇的折磨，它们似乎就住在墙壁里。晚上它们休眠，可能是因为太冷，可一旦太阳让它们暖和过来，它们就成群结队嗡嗡嗡地飞出来。我浪费了几个小时在公寓里四处追打它们。十二月的一个晚上，气温降到零下十五摄氏度，我脱光衣服，在草坪上裸奔，只是想体验一下是什么感觉。

十二月之后的事情，我真记不太清了。当时我写了日记，如今仍旧存在以前的苹果电脑里，但找遍世界都没有任何力量能说服我再去读它（虽然我记得我还讽刺性地将它命名为《我的奋斗》，这可比卡尔·奥韦·克瑙斯高早了十五年呢）。我知道我肯定写了半打研究生项目申请并寄了出去，因为接下来的春天我收到了半打拒信。我记得新年前夜，我第一次听到了涅槃乐队《少年心气》的吉他重复段，我整个人简直粘在了收音机上。有时我会去附近的水牛养殖场看水牛，只有三头，严寒中挤成一团，散发出一种丧失了继承权的威严。在最最糟糕的时候，我会到地下室去。

这个农场的主人是位退休教师，他的爱好是做泡菜。地下室是他存放泡菜桶的地方，深夜里，在我最孤独、最难受的时刻，我常常撬开锁，悄悄溜下去。那里很冷，地面是压实的泥土，没有灯光——可能什么地方有个电灯开关，但永远也找不到，所以我完全处于黑暗之中。我全凭摸索，滑开泡菜桶的盖子，感觉到腌渍了一半的黄瓜在盐水中漂浮游弋。而后，不紧不慢，有条不紊，我于寒冷和黑暗之中蹲在泥地上，把它们给吃掉了。

缅因州试图教给我些什么，但我是一个学东西很慢的笨鸟。我试图写我所了解的事物，这想法本身可能不差，但我自认为我所了解的全都关于我自己，而在这一点上，我简直大错特错。我对自己压根一无所知，关于自我，独处能够教给我的东西只有这么多。我去了缅因州，直面我的心魔，将它们转化为艺术，但事实是我根本无法面对它们。到现在也不行，独自一人也不行。

我像那样生活了两个月，而后宣告放弃。我一共待了六个月。而我在那里写的东西，一句话都不曾发表过。之后，我告诉人们，我之所以离开是因为没钱了，这是客观事实，但并非真相。真相是，我之所以离开，是因为厌倦了寒冷，厌倦了孤独，厌倦了当一个拙劣的作家。我终于来到了引爆点，这么做根本没用，我确实需要其他人，我根本就不是个天才，对自己承认这一切是很痛苦，但在缅因州离群索居的痛苦有过之而无不及。只要不必再生活在缅因州，我什么都愿意承认。

当我最终下定决心离开埃尔斯沃思，简直如释重负，感觉自己身轻如燕。我都不敢相信这一切终于结束了。我觉得自己像是走在月球上。我一夜没睡，把所有的东西都收拾进斯巴鲁，地平线才刚刚显露出一点浅蓝色，我就离开了。我驱车出城，收音机里正在放《纠缠忧郁中》①。然后我意识到，我忘了收那把很好用的菜刀，于是又开车回城，去取回它——我很害怕自己被发现，并永久拘留在那——然后再次开车出城，这一次是永远。

---

① *Tangled Up in Blue*，美国著名歌手鲍勃·迪伦（1941— ）发表于 2005 年的歌曲。

独处时光

莉娜·杜汉姆

"我将孤独终老。"这是女性常常脱口而出的怨言,夹杂着一种悲喜交加的自知,往往是在经历了糟糕的约会、短暂的浪漫或是领养了一只花斑猫之后。我几乎数不清有多少浪漫喜剧都是依赖于这一先决条件(一个女人已然接受要靠外卖、廉价霞多丽和古怪的睡衣来度过一生)。但即便只是开玩笑,这些言论也充满了某种可怕的暴虐,仿佛孤独是座孤岛,是为了惩罚你没能成功适应浪漫爱情,因此困居其上。独处是个没有人想去度假的地方,更不用说定居了。

我们分手是在十二月,是那种令人困惑的天气,阳光耀目,却让人觉得原本就冰冷的空气更加凛冽。我们坐在一起用了快四年的厨房里,面面相觑,承认没人想说:那种强制性的联系已经变成了盲目的愚忠,而那种盲目正在消失,透露出我们已经各有发展(这是最不震撼的理由,或许也是最常见的理由）。那种愤怒不再性感，也无以为继。我们的心还在为拼命修复它而破碎，但真能修复它吗，对此我们都有了确定答案。结局还是令我错愕，我记得我喃喃道："但我们要是还继续约会呢？"他悲哀地笑了："你想怎样都行。"

但我们都知道，不会有约会了，只有那种充满关切但又过于小心翼翼的问候，清楚界定了爱情长跑后的分离。曾有成百上千个夜晚，我们相互依偎在床头，成千上万个外卖盒和数百万条短信，还有肩并肩发给彼此的短信，就坐在沙发上，在电视的暗蓝灯光下。我们的家是个宽敞自在的 loft，买下它时，我们脑中充满了对每个房间的共同构想，现如今，它再也不是个抚慰心灵之所。此时此刻，很难回想起它曾经的模样，我们曾经的感觉，以及那些定义并勾勒出我们夫妻生活的日常秩序。

洗衣机启动的声音，你还没按下按钮，它就响了。你先起床的日子，还有他先起床的日子。那些你失去的时间，星期天共享清净，来来回回去博德加杂货店，一趟又一趟，要么轮流要么一起去，穿的外套相对当时的季节来说不是过于轻薄就是过于厚重（这个家里没人习惯查询天气）。放诸一周、一个月，甚至数个月，这每一桩每一件平凡之举究竟有多么珍贵，在分离的时刻,根本不可能一一检索。你不会躺在全新的床上,孤独的床上,想起你在四月雨夜的第一次约会,或在卡莱尔喝完酒后第一次说出"我爱你"(我们都点了苏格兰威士忌,想让对方印象深刻,但我俩其实都不是酒鬼)。也不会想起葡萄牙海滩上的城堡,或马尔代夫游满了鱼的海,那些鱼色彩斑斓如口红。你不会流连于缤纷的回忆,而是沉溺于那些古怪而无声的细节,一次又一次证明你绝不孤单。我们做了共同决定,我们的家归他(他一直都很爱它,而我在电梯里会感到焦虑),我会在父母家重整旗鼓,搭出租车只需要十分钟就到。

  我曾经很喜欢孤独。我认为孤独是奢侈的,是一种虚幻与现实交织的状态,让我的世界蒙上了裸体女巫夏至聚会一样的神秘色彩。因此我才讨厌夏令营,因为那里几乎没有独处机会。到了十四岁,我已经颇为自恋,在名为青春期的铺位上生活了一个月,女性生活如此别扭,甚至让我觉得受约束都算是它最好的一面了,最糟糕的一面是这样的生活真的令人厌恶。有一天,我们计划去附近的水上乐园郊游,在那里,我们都会将白绿相间的校服套在泳衣外面,当我们在深受尿液浸染的浅水区泼洒嬉戏时,人们会密切留意我们。可别,谢谢。

所以，我做了任何有逻辑的青少年都会做的事：假装得了脓毒性咽喉炎，症状无比准确。头痛。吞咽疼痛。隐隐约约打寒颤。我的状况无懈可击。他们在拿回拭子结果前不可能质疑我，而结果至少两天才能出来。我被隔离在护士室一角的小床上，只有情况极为严重时你才可能去到那儿。护士在桌边坐了好几个小时，我假装发烧虚弱，直到她宣布要去吃午饭，一个小时后回来。她摇摇晃晃地走下斜坡，纱门在身后砰一声关上。在那一刻，我意识到这是数周以来我头一次独处。灯光明亮，灰尘悬浮。我可以感受到窗外的风，于是松懈了一直作为掩饰的痛苦表情。我一动不动地躺着，几近狂喜。

高中时，卧室是我私人空间的圣殿，墙上贴满了图片（西尔维娅·普拉斯[①]和吉米·法伦[②]，两个截然不同但同样重要的影响因素）。我用口红在墙上潦草涂鸦了一些憔悴的大嘴女孩和根系广泛的树，从来没有想过这可能会令人生厌，甚至可能发出有关心理健康方面的警报。我在一台史前的笔记本上写关于孤独的悲伤诗行，但我其实很享受孤独，不宅家时，我就进出形形色色的一美元商店——独自一人，选购手工材料（如

[①] Sylvia Plath (1932—1963)，美国自白派诗人的代表，是继艾米莉·狄金森和伊丽莎白·毕肖普之后最重要的美国女诗人。
[②] Jimmy Fallon (1974—)，美国主持人、演员、歌手、制片人、作者。

果你从来没有往价值六美元的镜子上粘一串塑料葡萄,那就试试吧!)。独立仍是新奇的,每一天都像是一个机会,让我沉溺于自己的陪伴,像洗泡泡浴一样沉浸其中。

随后在大学里,第一段认认真真的恋情出现了。他是个英俊而焦虑的电影专业学生,有金色络腮胡与红色自行车。我很敬畏他,很快就像灯具一样固定安在了他的卧室。他完全是修士一样的睡眠模式,而我则常常熬夜,盯着他看:他就在这儿。他是我的。当他搬进校外的一居小公寓时,他告诉我,每周他想要独处几个晚上,为了"专注于内心"。我却没能拥抱这些独处时刻,反而坐在自己的卧室里,充满极端且病态的渴望。有天晚上,我说服了自己,深信我们分开是错误的,于是骑上车,能骑多快就骑多快(请想象《绿野仙踪》中的古尔奇小姐,为了躲避即将到来的龙卷风而拼命蹬车),而后哭哭啼啼地来到了他门口。他给了我茶与忠告,然后把我送回了家——值得称赞的边界感——但毕竟品尝过了家庭生活,我几乎发生了化学变化,重组了自我。我曾如此珍视的独立被哀怨所取代,只有始终陪在左右的男性伴侣才能满足我,即便(恰如之后和其他男孩在一起时会出现的情形)那些伴侣在酒吧里举止粗鲁,在艺术影院里大声喧哗,且一定要特意指出我的胸

独处时光 | 117

臀比不够理想。无论什么样的男人我都可以。

即使有人喜欢独处，但没人喜欢孤独。孤独是一个更为艺术而非能用一生去消耗的主题，人类对孤独的憎恶，以及调整自我适应孤独的举动，都已然根深蒂固，从而让我们彼此隔离。至于科技能让我们体验彼此连接的幻觉，并让我们进一步退回隐居模式，这些话已经说得太多，但值得重复的是，短信、电子邮件、脸书的"戳一下"、推特的"点赞"并不能构成社交生活。人们看起来比以往任何时候都更为孤独，也更不习惯独处。

我最近和闺蜜过了一天，她会认真思考晚餐吃什么，认真得过分。"我在考虑一个人去外面吃饭。"她说道，就好像正在坦白自己谋杀了一家无辜的农民。当我说她花了数小时权衡利（"我真的很喜欢这里的汉堡"）弊（"但看起来不会很奇怪吗？如果我坐在吧台上会不会好一点？"），并非夸大其词。

"你也太荒谬了吧，"我说，"我喜欢独自吃饭。我乐在其中。享受食物时没人在你耳边喋喋不休，还有什么比这更奢侈呢？"

但我回顾近期的经历，试图回忆起这样的时光——独自坐在印度餐馆里，不受打扰地拿勺子把奶豆腐舀到自己的餐盘里，或者穿着夏日连衣裙坐在咖啡馆外，聚精会神地看报纸——我根本无法找出一幅这样的画面。都怪那可恶的六年恋爱及因此养成的习惯，即没有同伴鼓励就不习惯冒险出门。有那么微妙的一瞬，我不再哀悼失去伴侣，而是哀悼我失去的勇气。过去我总能坦然地看向女招待的脸，说："只有我一个人吃饭，谢谢。"

随着恋情自然终结，我经常幻想独属于自己的空间，一个属于自己的神秘房间，弗吉尼亚·伍尔夫曾告诉每个女作家，她们都需要这样一个房间，我甚至搞出了一张平面图，布置好了家具，堆放我的书籍。可是，想象出身边有个活生生的、会呼吸的人实在太容易了，时不时就能打电话给某人，抱怨一下我混乱的一天，或是裙子上的污渍，又或是药房里那个女人令人恼怒的道歉口吻，她要求出示两种身份证明。而现在，安全毯被撤走，折叠起来运到了某个遥远的仓库，我搬进了父母家，横躺在他们的备用床上，给每一个认识的人发短信："干吗呢？"

那么，该如何重获独居生活的乐趣，克服自身的恐惧呢？哪怕我的伴侣离家工作，房子里依然处处都是他——一只不听话的红袜子、一大堆用过的耳塞。一块在易贝上买的蝙蝠侠手

独处时光 | 119

表，但从来就没戴过。

我慢吞吞地动起来，泡了个澡，时间拉得巨长，把人泡得像沙皮狗一样，水温从滚烫变得可以入口，让水流过颤抖的身体，回忆被遗忘的黑痣，在腹部星星点点。我发现泡澡是一个不错的起点，因为独自泡澡很自然，哪怕有人正在另一个房间同表亲打网络电话或玩电子游戏，你也可以自己泡澡。

我坐在厨房的料理台前读完了一整本诗集，双手抓着剩下的丹麦面包，而我的父母则外出打发夜晚，享受比我更积极的社交生活。

之后我踏进离家不远的一间餐厅，要了靠窗的位置，只点了茶和面包篮，但我将此视为一个开始。

最终，恋情结束四个月后，我发现自己在乡间过了个周末。我走出门去，离开同伴，踏上一条碎石小路，在日落时分暗粉色的光线下，我开始走上自己的路。很简单——一步接一步，双手在身旁摆动——但我有点戏剧性地认为，我会一辈子记得这一刻。我一次都不曾屈服于麻木效应，应对悲伤时，睡眠就会带来这种麻木。我不曾要求全家人陪我坐在电视房，把情景喜剧重温一遍。我选择了面对这个世界——树木、天空，甚至是邻居家粗鲁的偷鞋狗，它叫科里——凭借一己之力，运用一个人自身就能拥有的力量与自我陪伴。

我搬出了父母家。新公寓是临时合租的，干干净净，很快搬运工人将会把接近七十个小箱子摞进来，箱子不太能装，但打包得很可爱（两件衣服之间夹个餐盘，一座奖杯硬是塞进一顶宽边帽里），我曾和打包它们的男人共享过一个活力四射的家。我双手扶膝，忍受自己的思绪堪比一场马拉松，我因此气喘吁吁，同时环顾四周。窗外，船只沿东河而行，仿佛我的痛苦对它们毫无意义。很快就会有人过来，空气中飘浮着新恋情的电流，但我仍然以失去的东西来定义自己。然而，孤身立在一个临时空间里，我仍能感受到护士室的光线照亮我的面庞，感受到宁静带来的慰藉，我的宁静，我可以随意支配，尚未使用的时间浩瀚如海，在我面前无限延伸。

如果我喜欢说教，那我就会说，就是这种，这种纯净而炽热的孤独，正是女性塑造自我的好时光——而一个父权制社会将永恒的孤独作为威胁，若是爱自己，就要以终身孤独来赎罪，借此剥夺我们的这一特权。

如果我想诗意一些，我就会说，我觉得自己像彼得·潘，乐于助人的温蒂缝合了我的影子。我能清楚看到，如果想要往前走，我得做多少工作，几乎像是要另外找一份兼职来满足情感需求。我新的消遣活动是让清净变得完全可以接受，划定自己的边界，还有空间去做梦。我在纸上列了个清单，写下了我喜欢做的事，能带给我欢乐的活动，能滋养我内心的追求。（基本原则：不涉及工作、工作餐或自慰。这纯粹是一份无用但又令人满足的清单，比如串珠子。）

朋友们打来电话，我渐渐觉得可以从容接听了，不再担心他们一问"你现在对这一切感受如何？"我就胸中郁结。现在我有了一些他们或许真能接受的答案，听起来健康而自信，很像我想要再次成为的那种独立自主的女人。"我很好，只是蹒跚前行。"但我若如实相告，就会回答他们说，当我在一个家中重新回归自我时，内心仍旧会为另一个家而痛苦。

我还在这里吗?

安东尼·杜尔

我心中藏了个阴暗的孪生兄弟，他缺乏阳光，是个糟糕的小杂种，住在我心脏北边的某个地方。每天他都会变得更有力一点。他是株杂草，他是藤蔓植物，他是我头颅内的一串粗钢丝。

我叫他Z。我关注天气；Z无论何种天气都能存活。我喜欢滑雪；Z喜欢上网冲浪。我喜欢看树；Z喜欢看新闻摘要。我在花园里除草；Z在我耳边低语气候变化、核扩散、不断膨胀的健康保险费。

上周，我搭乘一架十座的布里顿-诺曼岛民客机飞往爱达荷州中部，在荒野中过了五天。飞机引擎的震动声恰如心跳。天空是深不见底的蓝色。小朵小朵的白云蜷缩在地平线上。飞机缓慢而平稳地拉升，带着我们离出发点的碎石跑道越来越远，越来越远，越过了弗兰克教堂荒野，越过了士兵湖，浅蓝色的菱形湖面在盆地里粼粼闪耀，两侧是巨大而破碎的花岗岩表面，离任何地方都有一百英里远，舷窗下滚动的山脊线稳步让我醉意蒙眬，恍惚起来——这一切是多么壮丽！——然后Z轻轻拍了拍（比喻）我的肩膀（比喻）。

嘿，他说，你今天还没查收邮件。

"我认为，"梭罗在他的文章《散步》中写道，"除非每天花上至少四个小时——通常要更久——彻底从俗务中解放出来，在林间闲庭信步，翻越山丘，漫步田野，否则我无法维持健康与精神。"

哈！四个小时！梭罗显然没有智能手机。昨天——这件事我很尴尬——出门上班前以及到达公司后，我都查看了邮件，工作期间我时不时就会查看一下，下班骑车回家后——总共两英里的路程——我又查了一次邮件。谨防骑车回家的途中，万一有几封邮件穿越风雨，飞过我头顶呢。

这令人不安，也很可耻。我告诉自己邮件与工作相关。邮件是与工作相关，而任何与工作相关的事都与家庭相关，对吧？因为工作赚钱，钱养活家庭。钱可以证明一切。不是吗？

有些事我的邪恶双胞胎Z很清楚，而我则不愿意表达，甚至都不愿去想，那就是检查邮件，或者刷脸书，又或是在博客网上看政治家 A 的小道消息，这些根本不是为了赚钱，而是在问这世界一个非常紧迫的问题。

那个问题就是：我还在这里吗？

每次 Z 让我将鼠标指针指向发送和接收按钮，都是在对连接每一台计算机的地下和地上的纤维咆哮，它们如此复杂地纠缠在一起；我是这个的一部分吗？我还在这里吗？

是的，你在这里，Z，埃迪·斯隆在回复"让你的阴茎增长 3 英寸（**100%保证**）"的邮件中说。你是它的一部分。

是的，你在这里，Z，法律部门的马克·J.西尔弗曼说道，你在这里。现在就把那份备忘录转给我。

是的，你在这里，Z，征用部门的马特·托林顿说，你当然在这里，在我们的赌球里垫底。

自从买了台名叫 iPhone 的玻璃一样的小机器，我就开始在教室和咖啡馆查看电子邮件。我在红绿灯处、儿子的游泳课上、餐馆里看新闻，没错，有一两次甚至是在洗手间尿尿时看的。

点，点，点。滑，滑，滑。保罗·克鲁格曼[①]、棒球比

[①] Paul R. Krugman（1953— ），美国经济学家。1991 年获克拉克经济学奖，2008 年获诺贝尔经济学奖。

分、潮汐表、www.edge.org（前沿网）、伊曼努尔·康德、搅拌机吞掉了摄像机、巡回演出时间表变了、点击这里看毒蜗牛麻痹金鱼。信息、信息、信息——对我那个瘦骨嶙峋、贪得无厌、时刻更新的双生子而言，这一切都是养料。我可以伫立河中，年幼的儿子们就在身边，将鹅卵石投入深邃而璀璨的绿色水中，一群大雁振翅飞过头顶，秋日的阳光将棉白杨染上极为狂躁的色彩，每一片叶子都是闪烁而神圣的光之喷泉，但Z会开始对我耳语起石油价格、总统政治、NFL（美国职业橄榄球大联盟）。

Z想知道的是我们此时此刻错过了什么讯息。

神经学家说，成瘾会改变我们大脑的物理形态。每一次老Z找到又一条短信、又一个头条、又一篇更新，我的大脑就会往奖励通路中注入一点多巴胺，整个系统就会变得更加强大一点。

新邮件的提示音在我的笔记本电脑上叮一声响起——豁！——来了一剂多巴胺。

我感觉更强大了，Z说。

五分钟过去，多巴胺逐渐失效。

我很虚弱，Z表示不满，我很饿。我得看一张乔·拜登的照片。

在你阅读上面几段文字时，要是世界上的某些事情发生了变化该怎么办？在刚刚过去的五分钟内，要是有某个人在某个地方给你发了条短信，又怎么办？你不应该去查看一下吗？

当然了，对互联网宇宙上瘾可能是完全健康的，而且在技术、好奇心和进步的三方领导下，这显然是合情合理的。我率先承认我的电脑有着令人着迷及振奋人心的特质。读一条罗马朋友发来的留言，点击浏览新泽西的万圣节图片，双击核实约翰·斯坦贝克[1]的生日，这些全都充满魔力。互联网的的确确就是它自己的光之喷泉，光怪陆离，神圣欢愉。

但我有时认为Z对连接的要求正将我们两人一起推向疯狂，尤其是凌晨三点，我俩一同起床，盯着漆黑如真空的后院半小时之久，站在厨房的门口喝杯茶，而后走到电脑前，将它唤醒，发现我们在床单上汗流浃背、翻来覆去时，"沙滩身段"已经为我们，也为新墨西哥州的莱斯利以及得梅因的木，准备好了独一无二且颇具开创性的身体改造公式。

---

[1] John Steinbeck（1902—1968），20世纪美国作家。代表作品有《人鼠之间》《愤怒的葡萄》《伊甸之东》等。

"我们坠入爱河,我们狂饮作乐,我们像受惊的绵羊一样在土地上来回奔跑,"罗伯特·路易斯·史蒂文森[1]写道,"此刻你应该扪心自问:当一切尘埃落定,坐在家中的炉火旁快乐地思考,难道不会让你更快乐吗?"

我们喜欢坐在火炉旁吗?喜欢。

思考会让我们快乐吗?确实。但很快我们不就开始担心了吗?担心在没有我们的时候世界正鸟飞兔走,毕竟我们已经离开了世界。等到我们回来时,难道我们不会好奇:我还在这里吗?

哦,我和Z在爱达荷州中部的天空下过了五天,回来后,当我们看到电子邮箱积压着邮件:二十一,三十二,五十二,七十四封邮件!那厌恶与喜悦交织的奇怪感受啊!Z收到了七十四封邮件!Z果然是它的一部分!Z被想念着!Z存在着!

我和Z并非是对这一切感到困惑的第一人,也不是第一个感觉到我们的共同生活似乎过于匆忙、过于狂热。我们好像得拼命拔高声音让人听见,才足以抗衡那庞大且毁灭性的沉默,我们也不是有这种感觉的第一人。

---

[1] Robert Louis Stevenson(1850—1894),苏格兰随笔作家、诗人、小说家、游记作家、新浪漫主义代表。代表作《金银岛》《诱拐》。

我和Z在山中过了五天，那五天里我们看到了很多肖肖尼岩画，大多数绘制在洞穴内，还有悬崖下，有用手指画下的麋鹿、猫头鹰、狗和佩了弓的猎人，猎人的身体是三角形。那片地区的诸多岩画都包括一种♯号一样的记号，像是斜着向下挠出的一排篱笆柱，但这些痕迹的最初含义是什么，大家也都只能猜想。也许它们代表着向灵魂世界的供奉，计算成功的狩猎，或是记录了通灵活动。或许它们就是有人坐在火边快乐思考的结果。

无论它们曾经意味着什么，如今也都另有含义。它们意味着记忆是脆弱的，信仰是缥缈的，环境是暂时的。它们意味着没有什么是恒定的——山脉不是，物种不是，文化不是，电子邮件也不是。唯一能够持久存在的只有引力与神秘。正如济慈所说，喧嚣是我们唯一的音乐。

我今天所做的事情再过两百年依然能保持其原始意义吗？现在就走回家，打开后院的门，躺在草地上，这样有可能更好、更持久吗？

你上一次感到目眩神迷是在什么时候？你上一次躺在花岗岩上、在天空下入睡是什么时候？我们所剩无几的无人联系、没有联网的时间正在迅速减少——散步、飞机旅行、露营、在海滩上读小说。然而，地球已经四十五亿岁了！我们的银河系至少有一千亿颗星！那么在某个下午关掉电脑，慢悠悠地散步四个小时，穿过树林，越过山丘与田野，又能出什么问题呢？

"爸爸！"我四岁的儿子欧文喊道。他跑进屋，双手窝起来，眼睛睁得大大的。

"我发现了一条蚂蚱腿！"他来回活动这条腿，想知道能不能留下它。

我把手机扔到沙发上，将儿子抱上膝头。

"我在乡下时，"旧时英国的批评家威廉·哈兹里特写过，"我愿同乡村一样无所事事。"

Z痛恨无所事事。Z想要领英、推特、谷歌。Z想让我拿起手机，读完电子邮件。但我没这么做，我带上儿子去散步了。云朵飘向山谷，庞大，暗沉，满是嶙峋的凸起，光线黯淡，呈现金色。在我们的房子下方的深谷中，鼠尾草盛开，如波涛起伏，闪闪发光。

我们试着保持安静，我们试着专心致志，我们试着呼吸。

我还在这里吗?

我唯一要做的就是看看孩子们的眼睛,他们正走在我身边,穿越傍晚时光。

是的,爸爸,他们的眼睛这样说。

你当然在这里,爸爸。你就在这里。

一种奇异而艰难的喜悦

海伦娜·菲茨杰拉德

我极难与他人共用床铺。丈夫出差时，我首先想到的就是他不在时我将独占多少床上的空间。我认识的一些人，伴侣不在时他们仍然要睡自己原先睡的那一边，空出另一边，保留给他们所爱之人的身体，就像桌边为以利亚①而留的座位。我从来不这样，以后也不会这样。我畅快地伸展四肢，尽可能占据床上的空间，像一个自我膨胀的罗盘，要触达地图边缘。丈夫回家时，我很高兴见到他，但也同样怀念整张床的空间。我不情愿地把他那一半床让出来，毫不掩饰我有多喜欢一个人睡。

人生中第一次独自搬进一间公寓的那天晚上，我打开搬家用的箱子，订了一份披萨。披萨送到时，将我拉回了一段平淡无奇的过往。中学时期，父母会在晚上出去约会，将我独自留在家中，并嘱咐我订一份披萨当晚餐。当他们离开时，门关上的声音意味着自由，只剩我一个人了。

在那样的夜晚，我从没做过什么越轨逾矩的事情，甚或有趣的事都没有——我会看电影，并且很可能在沙发上睡着。那样的夜晚事关孤独，没有义务让自己摆出他人能够理解的表情。即便只有十二岁，我也明白那负担有多重，摆脱了它又有多解脱。我渴望那些夜晚的平庸乏味，什么也不做，但必须是我独自一人无所事事。我想象成年生活会是这样一个漫长的夜晚，在空荡荡的房子里订披萨，永永远远。

我是个独生女，孤独的小孩，这就意味着我花了很多时间独自看书。经典文学中满是英雄，其中绝大多数都是男性。他们之所以成为英雄，就是因为走上了孤独求索之路。在这样的追寻叙事中，男人斩断所有社会纽带，在孤独的试炼中完善自我，再高奏凯歌重返社会。成长叙事所讲的故事通常是男性进入自然环境，学会不依靠任何人的帮助独立生存，讲述那些远离家庭和社会、漫步人生路的男性，学会如何战斗，学会何时相信陌生人。《奥德赛》及它的仿效之作都是追随一个男人展开，他在冒险与悲剧事件之中失去了所有的同伴，也失去了与社会的全部联系，不得不找寻回归的路途，穿越重重险阻，孤

---

① 《圣经》中的重要先知，活在公元前9世纪。他按神的旨意审判以色列，施行神迹。

军奋战。当这些男人最终结束英雄漫游归来时,社会仍旧原封不动地等着他们,因为女人们一直在照管一切。女性似乎从来没有这样的独立机会,也鲜少得到同样的机遇去冲破社会桎梏,去发现自我,作为英雄回归。

在流行文化中,我们有"单身汉公寓"和"单身汉生活方式"这样的词组,但女性却没有类似专属短语。保持单身的女性成为恐惧或怜悯的对象,是林中的女巫或连环画里的凯西[①]。即使是当下流行的女性友谊文化也仍旧是在提醒我们,如果不是在一个社会框架下,我们有多不愿接受单一的一名女性,"独身"女性也得是和一群其他女性一起吃早午餐的女性。当一个女性真正独处,那一定是危机所致——她在伤心,她未能觅得伴侣或家庭,她自身有问题亟待解决。传统意义上,家庭这一基本的社会单位与女性的责任义务息息相关。女性是社会劳动的锚,是用闲聊、礼貌与社交礼仪将家庭与社区黏合起来的胶水。作为女性,独居不仅是奢侈,更是拒绝蜷缩成迎合父权制假设与期望的姿态。

---

① 美国搞笑漫画《凯西》(Cathy)中的主人公,由凯西·吉塞维特创作,取材于自己的单身女性的生活,描绘了在食物、爱情、家庭和工作中挣扎的女性形象。

我曾作为学生辅导员，在欧洲寄宿学校工作，这份工作需要我经常前往学生所在的城市出差，并且是长期的。因公出差意味着我在火车站和机场度过了许多时间。到达与离开的站点同时也是关系的站点：情侣分离与团聚；家庭重聚或离散；一个人冲破或回归群体，就像高中课堂上与关系距离相关的数学问题，两个物体的轨迹用虚线勾勒出来，总是彼此回归。我如幽灵般穿梭于这些场景，却依然觉得自己极为完整。我并不是因为本来要和什么一起但错过了才独自一人，人们对女性总是有这样的刻板印象，我就是瞄准了要一个人，并命中目标。

我独自在巴塞罗那生活了几个月。我的公寓在七楼，位于一栋古老而奇特的建筑内，大厅和楼梯仿佛废弃歌剧院一样宏伟而破败，繁华落尽，金漆全都磨掉了。工作性质使然，我的作息时间不规律，整座城市也和我一样不规律。不止一次，当我尝试交友，却发现自己被邀入一个团体之中。可我从不追求这样的友谊。独自一人仿佛是我必须全力以赴要完成的项目。

我长时间在城里漫步，常常有意将手机留在公寓，故意迷路。我在酒吧和咖啡馆里费劲巴拉地偷听别人对话，拼凑起我尚在学习中的语言里的漏洞，努力调校我的耳朵去听代词和动词时态。我听陌生人调情，他们的身体在彼此身边来来回回。

我听饮料点单和夜晚快要过去时餐厅里洋溢的笑声。我什么都听，但不听自己。我允许自己从参与者变成旁观者。就像小时候我读过的故事中的英雄一样，我让自己靠近社会，却又置身社会之外，当我不再试图融入它时，反而开始理解它的运作。我淡入背景之中，无需从任何人那里得到什么，不必忧心于能否说服任何人来爱我，这真是一种极大的解脱。

我的公寓露台掩映在附近的建筑物之间，藏身于纵横交错的晾衣绳、烟囱、野餐桌、垂死挣扎的屋顶花园、烧烤与户外派对之中，是他人生活中一个敞开的兔子窝。恋爱、组成团体，这样的活动将人们缝合在一起，我看着人类蜂拥而至，一次又一做出这样的选择。我与之保持距离，意识到这次的独处不过运气使然，是限期供应的。如此之多的孤独根本不可持续，然而一部分的我却希望它可以继续下去。

结束那份工作回家后，我决定优先选择独自生活。独居是一种巨大的特权，尤其是在像纽约这样的城市。幸好，我刚好负担得起，在独居的那段时间里，我没有一秒钟不担心钱的问题。我足够幸运，独自过了几个月，所以想延续并依凭自己从中学到的东西独居下去。在那之前，我的生活一片狼藉，执着于取悦他人，执着于他人对我的反馈，鲜少停下脚步照顾自己，而这种区分自身需求与他人需求的无能往往令我无法成为一个贴心的朋友或伴侣，也让我的生活一塌糊涂，千头万绪。独处是蓄意而为，我觉得那样能重组我散乱的思绪，将生活精心编排，不再充满偶然或绝望。

我搬进了一个小的单间公寓，开始独自一人重组我的人生，缓慢、固执、枯燥。身处一个不与他人分享的空间，我无法依赖或责怪任何人，我学会了指责自己的坏习惯，为自己的选择及相应后果负责。没人过来时，我就清洁公寓，并烹饪美味佳肴，只在乎自己，完全不用迁就客人。我开始学着说不，为自己划定空间。做决定时我会三思，尽量减少对别人的伤害。最后，我教会了自己建立与他人、与自己的边界，此前我从未学会过。没有他人的需求给我当借口，靠着自欺欺人与恰到好处的无知囫囵度日变得愈发困难。我无处可去，只能寻向自己，也没有其他人可责怪。独处平息了曾经蜂拥入脑的嘈杂，让我更善良，也更有责任感。

这种严苛的自我考量是长时间独处所提供的特权，是少数足够幸运之人（女性尤其稀有）才能获得的特权，而且我们却常被告知这一特权代表着某种失败。我并没有把它当作一种失败去体验，而是当作一种奇异而艰难的喜悦。独居是与镜子对峙，哪怕只是在一天中特定的几小时，也算是摆脱社会契约，脱离像勒人藤蔓一样缠绕着女性的礼仪体系。独居是让人成为森林中的女巫，强大、警觉、沉默，让访客不寒而栗。

我曾独居了一年半，后来决定和当时的男友搬到一起。从一开始我就知道我们是在做一件严肃认真的事，这让我既开心又焦虑。在我的胃底，翻滚着一种宿命感，以及经久不息的恐惧。当我直视我们的关系时不得不承认，我每天都想回家和这个人在一起。但我也想回家和我自己在一起。

有一种理念认为，我们理当以清晰的规矩从单一个体进化到情侣组合，并由此取得某种情感上的成功，这在我看来是完全错误的。确实，如果感情很好的话，和伴侣一起生活几乎会让方方面面都变得更轻松，从宽容给我们的启迪，到社会向传统恋人们表示的大量祝贺，再到合并资源与分担账单所带来的切实物质利益。然而，爱情也同样意味着，当我们选择将自己的生活与另一个人编织在一起时要放弃些什么——比如建立家庭、同床共枕、共享空间。独处并非我们要逃避的恐惧，而是一种奖励，当我们相信有些事物值得我们为之牺牲时，便放弃这份奖励。双宿双飞的生活并非我的志向所在，反而是一种妥协。和丈夫在一起，世界似乎少了些无情，多了些宽容，凶险与不确定也变少了。我们共同承担彼此的困难，将参差不齐的每一天连贯起来。但是这种连贯，这段关系所带来的温暖与支持，是以我同样挚爱的另一件事为代价的：独处。

我曾认为人们进入恋爱关系是为了躲避自我，一头埋进对另一个人的痴迷之中，从而逃避自身的缺陷。但是对我而言，爱上别人，并将我的生活与他的生活融为一体，需要我直面自身的残酷真相，细细甄别什么是真实，什么又是我所希望的真实，这样才能理解我需要什么，我能提供什么。这种伙伴关系是对我自身赤裸裸的揭示，抹去一切借口与逃避。在这方面，它带给我的启发与独处是相似的。

我已然明白闭合电路般的爱有时也可以像独自在家、几天都不开口同任何人说话一样反社会。在最好的状况下，爱会转过脸去，背对礼貌，证明自己是闲聊的对立面。竟然有那么多启发都是能够传递的，共同生活竟然也同独居一样，需要与镜子对峙，这些发现都令我惊讶。

但独居有太多令我想念的方面。太多太多，诸如想怎么熬夜就怎么熬夜，想吃什么、想什么时候吃都随自己喜欢，侧过身去、四仰八叉地横在床上。这些事情在别人看来可能很幼稚，但身处这样的状态，除了自己的需求外，我从来都没有义务考虑他人的需求。女性被催促着快速走出童年，又毫不客气地被推入成年人繁重的社交义务。独居是一种提醒，我们完全可以让自己的身体变得反社交，囤积我们的自私与沉默。独居提供了这世上奇妙且丰富的乐趣，远在社交与家庭结构之外。出于爱，主动选择家庭琐碎，那是一种牺牲，纵然对于我和许多人来说都是值得的，但仍旧是一种牺牲。虽然我很高兴选择和丈夫一起生活，但我清楚，这种选择所遵循的叙事是经过另一种力量批准的，这力量比我更强大，但又不如我仁慈，我也知道，要把这种叙述延续下去，并不能让我开心。

作为女性独自生活意义重大，因为它让我们有权成为完满的自己，这个自己对家庭和爱都没有义务。因为我们经常被剥夺这种完全形成的、自私的期待，所以一旦找到进入其中的路径，就很难放弃。在放手的过程中有一种哀伤，仿佛我不是自然地从一个成熟阶段过渡到下一个阶段，而是失落了某样更为稀有也更为珍贵的东西。对于和爱人一起建立的生活，我坚定不移，但无论我有多坚定，内心都有一个角落，渴望重返到独自生活时的强烈喜悦。

一种奇异而艰难的喜悦

75×2

梅尔·梅洛伊

我的祖父母已经结婚七十五年,这可不是轻易就能做到的。你必须得在年轻时结婚,活得够久,还得喜欢你的伴侣。七十五年很可能远远超过了人们预期的婚姻时长。到了最后,逐渐感觉像是一个微小样本的社会学实验,或像是两个人共同困在一艘漏水的小救生艇里。

他们在底特律的大学相遇,他花二十五美元买了辆车,这样就能送她回家。他们于一九四二年结婚,因为他要上战场。那时卢十九岁,爱德华二十三岁,她独自坐火车横跨整片国土去加州同他团聚。作为海军陆战队飞行员,他在二战中飞过两次任务,朝鲜内战时又飞了两次。他们有五个孩子、九个孙子,以及九个曾孙,她为大多数孩子缝制衣服,唱歌哄他们入睡。五岁时,我问她小时候的她希望长大后做什么呢,她说:"我想成为母亲。我小时候不知道女孩还能成为别的什么。"

爱德华退休后他们搬去了俄勒冈,她喜欢徒步。她慷慨合群,在比赛中极具竞争力,颇为引人注目。照片里,她总是开怀大笑。她的黑发早早变白,并且把头发留成珍·茜宝[①]那样的短发。九十二岁生日那天,她正重读《纯真年代》,仍然保持着完美体态。但那之后,疲惫衰老始显现。她和爱德华都开始愈发健忘,总认为对方忘记了什么事,但事实上他们只是没听见。在卢最为沮丧时,她会说:"我们的婚姻是那么美好,不应该以这种方式结束。"

他们搬进了养老院,有游泳池、健身房、餐厅,公共活动室里有游戏和智力谜题。他们像往常一样交了朋友,但并不喜欢这里。在爱德华九十八岁生日那天,他吹灭了蛋糕上的蜡烛,说道:"我许了一个愿——再活一年!"

"真的?"卢问,"你想再活一年吗?我可不想。"

之后养老院大楼里有根管子爆裂,导致一楼无法使用。这意味着没有游戏,没有锻炼课程,所有餐点都要送进公寓房间。维修用了很长时间,人们开始病倒,闷闷不乐。

爱德华醒得越来越早,还想强迫卢起床,仿佛仍在海军陆

[①] Jean Seberg (1938—1979),美国电影演员,代表作《圣女贞德》。她打破了20世纪前叶电影明星充满女性特质的柔弱性感,风格中性帅气。

战队一般。他在浴室镜子上贴了张便利贴,提醒自己不要这么做。上面写着,**杜绝凌晨四点起床号**。他想活到一百岁,并希望她也愿意陪着自己。

在卢九十五岁生日那天,我和她玩香蕉拼字游戏,表亲们不断地打来电话唱《生日快乐》歌。她告诉他们所有人:"不许唱'往后多年'!"然后她用完了所有字母,赢了游戏。

那一年,就在感恩节后不久,她决定了,她已经活够了,于是停止进食。家人环绕,轮流守在床边。她为每个人都存储了特定回忆——都是她对他们的观察,或想到的与他们有关的事,在他们来握她的手时告诉他们。每当我们中有谁离开她的房间,就会去客厅陪爱德华坐坐。他说:"我知道,我知道她想要走。"他很清楚她的意志多么有力。晚上,他小心翼翼地爬上床,尽量不打扰到她。

她睡得很多,并且一直问临终关怀护士:"为什么这要花这么久?"但之后她就会坐起来,询问能否喝一杯金汤力,并且整个晚上都在讲好笑的故事。有时,她又会被橙汁所诱惑。凭借偶尔的金汤力酒和一点点橙汁,你就可以活得惊人长久。这整个过程持续了将近两周。

她去世时,两个女儿帮她擦洗身体。她的骨灰埋进了当地的军人公墓。爱德华作为飞行员的那些年落下了内耳损伤，影响了他的平衡能力，所以儿子用轮椅推着他，推上绿色的山坡，去往墓园。我们撒下玫瑰花瓣，唱着卢最喜欢的歌《嘿，朱迪》。在我们离开前，爱德华坐在轮椅上，俯身向前，冲着那一小块地面说："我会回来的。"

爱德华活到快一百零一岁，如今独自坐在救生艇里。当物理治疗师来体检时，他仍然身强体壮。他仍旧开玩笑，但记忆力越发不牢靠。他开始混淆参加过的两场战争。他想念卢——他的伴侣，他的至爱，但也同样是他的后盾，他的记忆助手，是为之付出最大努力的人，是他不愿放下的人。

在他生日前几个星期，他在电视上看老虎伍兹打高尔夫。儿子和他坐在一起，看着他打盹，醒来，打盹，醒来。然后爱德华没再醒来。原本计划的一百零一岁生日派对成了追悼会，爱德华葬在卢身旁，正如他答应过的那样，他会回来的。不再有凌晨四点的起床号，只有在遥远的彼岸停泊靠岸的救生艇。

身体的秘密

阿贾·加贝尔

第一次怀孕时，我并不明白这应当是个秘密，而且因此我也应当是个秘密。

经过几个月的尝试，我在三月初发现自己怀孕了，我和丈夫一起以你们能够想到的所有方式进行了庆祝。我们拍下验孕棒的照片，放声大哭，为吃生的饼干面团而争吵，列出一长串荒谬的宝宝名，盯着我的肚子，希望它能快点长大。我给几个密友打了电话，告诉他们六周了，结果他们全都低声回应。太早了，他们说。我告诉他们，我绝不是那种对他们还要保守秘密的女人，假如发生了什么不幸的事（什么不幸的事，我总是这么说），我也还是一样会告诉他们。有人陪伴你走过这段旅程，难道不比独自面对坏消息好得多吗？

有个App给我提供了胎儿的大小比较，真和人们说的一样蠢。你的宝宝只有豌豆大小。你的宝宝只有南瓜籽大小。但

身体的秘密 | 155

App 没说的是：你的宝宝太小了，要是你握着它，它会从你的指间滑落。它没有说：如果你弄丢了南瓜籽，别告诉任何人。

当父亲在六十二岁因胃癌去世时，母亲提醒我不要告诉任何人。她说这样会显得很糟糕，他在那个年龄去世，而不是在七八十岁，就好像是我们做错了什么或者没有尽力。然而你二十一岁，是一名大四学生，没有人会问你父母为什么去世，或是如何去世，又或者整件事看起来是怎样的。因此，我将这些细节存入脑海，携着它们在校园里穿梭来回，向着未来前进。只有一次，这些念头冒了出来，那是在期中考试前，我在街角，头一次惊恐症发作。人人都认为我是因为《尤利西斯》的考试吓坏了。

父亲去世前的那个夏天，我搬回家，与他一起度过了那些甜腻温暖的加州午后。父亲一生都在建筑工地做木工，我从未见过他不做体力工作。但那个夏天，我们过得懒懒散散。我们坐在沙发上看《艾伦秀》，偶尔去看廉价的周二下午场电影。我们并肩看书，有时我给他做水果奶昔，他通常只喝一半。有时候我开车送他去化疗，我们无所不聊，非常愉快，唯独不聊那流过他静脉的慢性毒药。

那些在沙发上度过的下午,他坐着时,我偶尔会躺下来,将头靠在他的胸口和胃上。他有圣诞老人一样的大肚腩,尽管在罹患癌症后缩水了。我们看着艾伦在观众中跳舞,我听着他的心脏匀速跳动。你或许认为我这样做是为了安慰自己,为了听到他还活着的证据。但这只会让我害怕。就在那儿,我的耳边是维持父亲生命的脆弱机械所发出的声音,是一块随时可以决定放弃的肌肉。我听到血液的鸦雀无声,听到静脉为了适应活着而嘎吱作响。它就在那儿,我心想。不是证明他还活着,而是证明让他活着的东西脆弱至极,仅仅是他骨骼之下黏稠的愿望。

四月的一个星期六,我流产了。我才刚吃完松饼,从厨房冲到洗手间,明显感觉到有什么东西扑通一声、轻轻掉落,那是原本应当寄宿在子宫内的一部分我。我在浴室独自待了片刻,盯着它,记住它,然后回到餐桌边,回到丈夫身旁,冷静地告诉他:"发生了。我觉得都结束了。"

当时我很镇定,因为之前几天我的表现与镇定截然相反。我经历了有生以来最痛的痉挛,它将我击倒在床上,泪如泉涌,然后才聚敛起随之而来的悲伤,我的身体先于我的头脑知

身体的秘密 | 157

道了体内有不对劲之处。丈夫会蹲在床边，握住我的手，看着我的眼睛来判断疼痛程度。他竭尽所能，但这种疼痛无法共享。身体的战栗教会了我什么是失去，这是一种深刻的私人体验。这种情况发生时，我无从向他解释。我甚至无法向自己解释。而那也是悲伤的一部分。

躺在那里时，我想起了苦难的概念，这是我童年时期的固定观念。我在日本佛教会的净土真宗长大。虽然妈妈是日本人，爸爸是白人，但爸爸却是那个每周末拽我们去寺庙的人。每个周末，我都学习苦难的意义。根据佛教四谛，我们之所以痛苦，是因为我们依附于事物。我在长椅上扭来扭去，想到我错过的卡通片，想到之后我将被迫吞下教会午餐的腌萝卜。我想要华夫饼，想看 MTV。我想睡懒觉，想一直骑车，骑到吃晚餐为止。我想要我所依附的事物。但我就坐在那里，忍受着痛苦。

几十年后，在我为了撑过流产痉挛，不惜抓住任何救命稻草时，忽而想起了那座庙宇和那些训导。我在抗拒什么而不愿放手呢？知晓这种痛苦并不稀奇，反而再寻常不过，我能从中学到什么？等痉挛减弱后，我会平静下来，努力聆听。但我什么也没听到。

父亲去世多年后，我想知道，他在临终前的最后几天，是否也想起了那些训导。弥留之际的某一天，他得到允许，可以穿着病号服去走廊尽头，透过巨大的窗户看一看外面，夕阳正在西沉。我记得他坐在椅子上，凝视窗外，脸上流露出我从未见过的表情：悲痛。我当时很不高兴，因为他没有看向站在身边的我，他将错过我人生中的许许多多，可他完全不为此而忧伤。但现在我明白了，他在欣赏这个世界，深知自己很快就无法再拥有它，因而一片一片地让它离开，也包括我。

几天后，他告诉医生，他想吃最后一餐。那时，他的身体已经停止消化食物，胃部的肿瘤已经扩散至全身，所以医生们给他用了镇静剂，并采取医疗手段清空了他的胃，为他做好准备，同我们吃最后一顿饭。事到如今，再次想起这件事，我也无法告诉你那是什么感觉。我甚至无法告诉房间里的其他人那是什么感觉。若它发生在你身上，你也无法告诉我。无论他们临终时身边是谁，那些人也无法告诉你。我们都将承受怀揣普世知识却无法分享之痛。

流产极为普遍，这也是让哀悼过程变得痛苦的部分原因。怎么能有那么多人经历过这种事，却鲜有人讲出真实感受？难

身体的秘密

道真的有大量女性承受着肉体的痛苦来去自若吗？当然有。这就是拥有一具女性躯体的孤独，也是拥有躯体的孤独。

比流产更常见的是怀孕，两个月后我就再次怀孕。这一次，我更为谨慎地保守了秘密，这让我在身体逐渐膨胀的过程中逐渐感觉到自身的渺小。每一天我都担心胎儿会突然悄无声息地溜走，甚至让我觉察不到。我寻觅迹象。我对最最微弱的疼痛感到恐惧，要是什么都感觉不到，我也觉得恐惧。丈夫要我别担心，我的担心不会让孩子停留或离开，事情不是这样运转的。可他根本不懂，身为某个不可见之物的宿主究竟是什么感觉。

由于我的担心弄得丈夫也跟着担心起来，我便更多地将担忧藏在心里，正如我也没有对朋友和家人透露怀孕的事。我孤独极了，整日在那些思绪里打转，但我也体会到，就算同别人分享也还是孤独。当我把流产的事告诉别人，便会得到朋友们的百般安慰，表达同情与关爱，或是承认他们也曾有过同样的经历。可是，即便是那些曾经历过这种事，甚至状况更糟的人，他们的慰问里也不能给我丝毫的宽慰或治愈。我们俩就好像是杵在相邻的牢房里，面面相觑，都想知道如何逃脱。有伴固然很好，却并没有改变我被困住的事实。

写下这篇文章时,我还没有将怀孕之事告诉生命中的每一个人。我已经怀孕很久了,应该告诉别人了,我可以告诉别人了。可我一直为怀孕而心神不宁,总是患得患失,困惑于体内正发生的事,不确定是否应该庆祝或等着庆祝,直到胎儿顺利通过某个超声波扫描,直到婴儿出生,直到他脱离婴儿阶段,直到他迈步行走,直到他开口说话。但接下来还会有更多担忧接踵而至:学校、朋友、幸福,更不用说政治灾难、城市灾难、气候灾难。不仅仅是为孩子的生命担忧才让我默默吞下怀孕的消息,我也同样担心自己。我现在做的是对的吗?以后也能做对吗?我很沮丧,不能随心所欲吃想吃的东西,去想去的地方,穿想穿的衣服。有时我在看《白宫风云》或《英国烘焙大赛》时会突然抽泣。有时我看着自己的身体,会无比难过,我的样子可能再也不复从前了。有太多的事情可供我差踏错,而我继续膨胀着。

关于怀孕,没人告诉我的是,当你怀孕时,你便怀揣了一个秘密,而你也因此成为一个秘密。对伴侣而言,你也是个秘密。你独自保守秘密。你无法真正分享生命的成长之痛,就像你无法真正分享生命的离去之痛。

身体的秘密 | 161

医生宣布父亲正式死亡后的那几个小时，我和家人都留在临终关怀室里陪着他。我们没有讨论离开，但也没有讨论留下。工作人员进进出出，问我们是否需要什么，但他们从没告诉我们要做什么，这样或是那样。母亲给教会的僧侣打电话，我们等待着。

他的遗体就躺在角落里的床上，我记得我坐在那个角落里想：这只是他的身体。他已经不在这里了。我再也感觉不到他在这里了。在那之前我从未相信过精神或灵魂，其实现在我也不确定，我是否像一些虔诚之人一样相信它们的存在，但那一天，我所凝聚起的并非一种信念，而是一种确信（信仰就是这种感觉吗？），人与躯体是分开的，是截然不同的能量聚集体，做各自想做的事，有时甚至朝着相反的方向而去。这就是盘桓于父亲体内的癌症，他竭尽所能去遏制它，可它还是不管不顾地生长、复发，从一个器官跳跃到另一个器官。而我爸爸则是这样一个人，尽管罹患癌症，可他享受做饭，喜欢看恒星与行星，在人生最后几年的孤独日子里，依旧关心家里的小狗。人与身体，彼此都是独立的实体。

我之所以知道这一点，是因为父亲再也不会睁开眼了，我了解这可怕的事实，同时感觉到他正逐渐离去，他的身体肿胀起来。我们枯坐了几小时后僧侣出现了，我发现他也看出了这一点。他变得巨大。他是一具腐烂的尸体，他不再是我父亲。然而，随着他的身体不断膨胀，我想到了去年夏天与他共同度过的下午，头靠在他胸前，尽可能靠近他跳动的心脏，即使那颗心令我害怕。我知道我是对的：身体是我们埋藏最深的秘密。

子宫圆韧带疼痛是孕期的一种尖锐刺痛，为了容纳胎儿，子宫生长并扩张，疼痛便随之在腹部出现。有些夜晚，我会因此惊醒，一开始误以为是要小便，接着又误认为是宫缩，然后我才逐渐搞清楚，这是身体扩张的剧烈疼痛。有时我开玩笑说，拿锋利的东西戳丈夫的肚子，这样他就知道有多疼了，但即便如此，我知道他也不可能真正体会。这种疼痛必须从体内而来才行。

昨天晚上，当我被尖锐的刺痛唤醒，我想到了这个问题。我看着躺在身旁酣睡的丈夫。我知道在孕晚期和分娩时还有更多扩张与疼痛纷至沓来，甚至是我此刻无法想象的痛。而我无论多么用力去握他的手，或放声尖叫，或血流不止，也无法真正与他共享这种痛苦。

丈夫的父亲也去世了。他去世后又过了几个月，是我们的第一次约会。在那次约会中，我问了这件事。一开始他很震惊，告诉我人们通常不会去提。而我告诉他，在我父亲去世时，人们也不问我这件事，担心会让我不快，但我还是不快，整天，每天。人们甚至不尝试问一问，这让深陷痛苦的我更觉孤单。所以我下定决心，若是人们刚刚失去了什么人，我会问问他们过得还好吗。

最近丈夫告诉我，第一次约会时的那个瞬间是他爱上我的原因之一，当时我马上就向他敞开了我的内心世界，也对他内心可能痛苦而丑陋的部分敞开了心扉。他说这些话时我很惊讶，因为我知道我永远也无法对他的悲伤感同身受，正如他也永远无法感受我的。但我终究明白了这并不重要，重要的是我开口问了，我愿意与他站在同一囚笼中，至少能陪伴他片刻。这种陪伴是美好的，因为悲伤所带来的孤独是不能承受之重。

在床上，躺在丈夫身边，我试图回忆僧侣来到父亲躺着的临终安养院时，是否说过什么智慧箴言。在我的记忆中，她什么也没说，只是将手放他的肩膀上，与我们一起留在那里。也许她之所以那么做是因为没有什么话可说。是啊，活着就是受苦，受苦就是依恋，我们依恋父亲、母亲、伴侣和孩子，也依恋无法说话的宠物、从未去过的星球，有时甚至是未能出生的胎儿。而最终，我们所有人都必须松开手中紧握的依恋，让它走。每个人都是一个秘密，由神秘的酶与荷尔蒙、愤怒与欲望构成。我并不认识体内这个不断长大的宝宝，哪怕我真的很依恋它，一个秘密身体孕育着另一个秘密身体。真正重要的是我们尝试：跨越从我到你的距离，从我奇怪的身体到你奇怪的身体，从我的孤独到你的孤独。我小腹的疼痛就是正在进行的跨越。

永恒的异乡人

郭珍芳

每一天，我的父母和兄弟都会不见踪影，去纽约唐人街的一家服装厂工作。放学后，爸爸来接我，也把我带到那里去。虽然刚去的时候我才上幼儿园，但我已经工作了，因为对我们来说，每一分钱都很重要，所以我必须工作。休息时，其他在那里工作的孩子会在巨大的衣架之间捉迷藏。因为我是个新移民，不像其他孩子一样住在唐人街，所以他们只是容忍了我，但从未将我当成朋友。不过检查员来时，我们会一起躲起来，躺在巨大的箱子里，身上盖着堆积如山的衣物，浅浅地呼吸，尽量不被听到，同时也努力不要窒息。

小时候在香港，我一点也不孤独。在家庭环境中我没心没肺，无所畏惧，完全意识不到有什么事情会改变。我坐在哥哥的自行车后座上，嚷嚷着让他再快点儿，直到车子撞上一个水果摊，芒果和荔枝撒得满地都是。我在茶馆里小口小口喝红豆冰，晃悠双腿，爸爸则跟商业伙伴们喝乌龙茶，抽香烟。从来没有人告诉我，曾经富庶的家庭一直试图逃到美国，或告诉我香港，这个我出生的地方，只是他们漫长旅程中的一站。五岁时的一天，我们坐出租车去机场。我一直通过后窗往外看，看着我的家越来越小，直至彻底消失。那时我还不知道，往后的许多年，我都将牢牢抓住这些记忆，那是我生命中一小块金色的光斑。

移民美国让我们倾家荡产，金钱上的代价包括了失去收入、机票、数年的律师费、签证和文书材料。但更沉重的代价的是失去了我们的语言、朋友、文化，从某些方面来说，我们也失去了彼此。有个亲戚把我们安排在布鲁克林贫民窟的一间公寓里，那里没有正常运转的集中供暖系统。到处都是蟑螂和老鼠。后窗已经碎裂，整个严寒的纽约冬季，风都将猛烈地摇撼我们用来堵住窟窿的垃圾袋。我们日日夜夜点着烤炉，门也总敞着，从而形成一个小小的温暖圈，但剩下的窗户玻璃上仍覆盖着厚厚一层冰霜，我会试着用冻青了的手指去融化它。贫穷并没有如预期那样伤害到我。我看不到破旧的墙壁或帘子上的窟窿，尽管我真的很想要个美国芭比娃娃，因为坚信拥有一个芭比娃娃也能让我变成高挑的金发美女,我是一个想象力丰富的孩子,很容易就像沉浸于玩具一样沉浸在美梦中。真正伤害我的,是学校里其他女孩丢给我的鄙夷神色,因为我穿自制衣服,拼写试卷上布满红色标记,我向老师借"避孕套"①时老师的脸红了。哥哥们因为汗流浃背、精疲力竭而无法和我玩耍。还有我鼻子下面的皮肤开裂流血,都是因为在冰窟一样的公寓里一直感冒。我有太多东西留在了香港:在学校的优异表现,闪闪发光的金色拖鞋,我媲美鱼贩子的骂人能力,下午和哥哥们还有肥肥的黄狸猫一起漫步在洒满阳光的街道上。

或许比贫穷本身更沉重的负担是要对我们的处境保密。没有人真正了解你是谁,你怎么可能缓解孤独呢?我真的尝试过说出真相。当时班上有个同学问我,为什么她给我打电话时我从来都不在家,我告诉她,那是因为我放学后在工厂工作。第二天,她告知我,她问了她耶鲁毕业的律师爸爸,爸爸告诉她我在撒谎,因为在美国,孩子们不会在工厂工作。我学会了闭上嘴巴。

---

① 美式英语的"橡皮"是 eraser,而作者说的是英式英语的"橡皮"rubber,在美语中有"避孕套"之意。

永恒的异乡人 | 171

我用另一种情感填补了孤独的空虚,那就是雄心壮志。我渴望离开困守其中的生活。我并没有梦想着变富有,我梦想着变得了不起。我想变得聪明,值得仰慕,我想撼动这个世界,虽然在这个世界里,我的舌头依然在外语单词上磕磕绊绊。

然而,我不至于蠢到在我的传统中国家庭里谈论这种事情,我不仅是七个孩子中最小的,而且还是个女孩。家庭的社会等级由年龄和性别决定,按照这两个标准,我处于最底层。我应该顺从,就像他们想让我包的软绵绵的饺子一样,可我对打扫卫生、做饭,或长成充满耐心、给予支持的人妻毫无兴趣。我的家人举手投降了。我太固执,太笨拙,总是埋头看图书馆的书,他们喊我帮忙扫地的时候我从不响应。他们怎么可能找到一个愿意娶我的男人呢?

从小我就很清楚摆在我面前的人生轨迹。我会在服装工厂工作,逐渐升职到薪酬更好的岗位,当我成为踩上缝纫机的年轻女工时,就算是走到了顶峰。那些女工飞快地缝完一件又一件衣服,针头穿透脆弱的布料。之后便是下坡路,直至最终变成裁掉纽扣孔上散脱线头的老太太,带着额外要裁的衣服蹒跚回家,拐杖的塑料手柄嵌入布满老茧的手掌。唯一的替代路线,也是我所理解的我的家庭未曾言明的梦想,就是找个不错的年轻人结婚,从而逃离这种生活。然后我可以为他做饭,打扫卫生,支持他完成学业,为他生儿育女,在他工作的时候照顾孩子。

而我决定要去读哈佛大学。这是我的移民家庭唯一听说过的大学,是他们不能拒绝的学校。如果哈佛不要我,他们可能根本就不会允许我上大学了。

由此我的自学之路开启了。我背掉了破旧字典里的每个单词。读完了公共图书馆里儿童区域的每一本书后,我开始阅读成人书籍。其他孩子不知该如何看待我。妈妈给我做衣裳。哥哥们给我理发。这些事都没有让我变得更酷。尽管我当时会说英语,但我不理解"虱子"为何意,也不理解那些晦涩的短语怎么就能表示你的裤裆没拉上。

十一岁时,我考入了亨特学院高中,这是一所为高智商天才开设的公立学校。在那里,我遇到了聪明过人的孩子,比我见过的任何人都要聪明。我既欣慰又敬畏。一方面,我不再担心被人喊"头脑女王",有个女孩曾在我的小学纪念册上这样写。另一方面,我感到自己远不如人。开学前的暑假,要选择一门外语时,我随便选了拉丁语,直到开课第一天我才意识到它是已经死去的语言。少数孩子已经能说流利的法语,我推断

永恒的异乡人 | 173

这种语言文雅且优美，不像我的母语中文。我正学着将欧洲人奉上神坛，地位远高于我们这些卑微的有色移民。直到多年后，我才开始质疑这种隐性的等级制度。在分享我们最喜欢的书时，我告诉一个男孩我最喜欢的书是《绿山墙的安妮》，而他最喜欢的书是伊曼纽尔·康德的《纯粹理性批判》。在公交车上，一群人还在后排组成了小型参议院，他们的喊叫"冗长演说，冗长演说，冗长演说！①"构成了我回家路上的背景。除了从公共图书馆扫盲计划中免费获得的书籍外，我的家里没有书。

不用说，我没告诉任何人我的背景。我非常敬佩的一位社会研究课老师决定每天给我们进行时事测验，我一直不及格。不光因为我家里没有英语报纸，还因为我没有语境来理解这些事件，也没有人能给我解释。老师问我为什么不及格时，我撒了谎。当我受邀参加派对或看电影时，我也撒谎。我不能告诉朋友们家人不让我去。除了上学之外，我的家人不希望我做其他任何事。高三那年，他们甚至都不允许我接受斯隆·凯特琳分子生物学实验室的工作，但我还是去了。当哥哥问我放学后

---

① "Filibuster, filibuster, filibuster!"是一种议会程序，是个人在议会中延长辩论或是阻挡提案的权利。

去了哪里时，我撒了谎。我像切甜瓜一样把自己切成了一片片，没有人能看到我完整的模样。

被哈佛大学提前录取时，我迫不及待地拥抱我的独立生活。智力上，我在大学里大放光彩。社交上，我认识了那些打飞的去巴哈马过周末的纨绔子弟。在某些私人派对上，他们会在用餐结束时把桌上的所有盘子都扫落在地，以此证明他们是多么放纵、多么堕落，把一团糟的食物和破碎的杯盘留给像我这样拿奖学金的学生来清理。但我并不想告诉任何人，我妈妈曾经每晚都趴在服装厂没做完的一包包衣服上睡着。

在哈佛的社会服务机构里，我和亚裔美国侨民一起工作，遇见了其他可能与我背景相似的同学，但我仍旧三缄其口。随着我长大成人，我慢慢意识到，隐藏真实的自己这么多年后，我再也无法袒露自我了。

而后我遇到了一个荷兰男人，那是我去哥伦比亚大学攻读虚构文学硕士前的夏天，我正在洪都拉斯背包旅行。我穿着勃肯鞋，站在炎热的海滩上，一只手漫不经心地拍打沙蝇，另一只手遮住眼睛，抵御阳光照耀湛蓝水面而闪烁的刺目光芒。空气中弥漫着丰富的香料气味。取晚餐的队伍里，我就排在那个荷兰男子身后，有人从一口大锅里舀出一人份

永恒的异乡人 | 175

的猪肉、甜芭蕉、腌洋葱、豆子和米饭盛到我们的盘子里，每盘一美元。

当他转向我时，我做好准备应对又一番花言巧语。"你知道吗，就你的嘴巴而言，你的牙齿太大了点。"他说道。真是意外，我哈哈大笑。千真万确。我的正畸医生也跟我说过同样的话，但以前从来没人注意过，特别是这个问题明明已经解决了。没错，这个来自陌生人的评论略显尖刻，却让我放下了防备。我才刚刚辞去职业舞厅舞者的工作，这是我大学毕业后的日常工作，这样我就能写作了。在那些年里，我常收到约会邀请，一旦我拒绝，他们就会丝滑地转向下一个舞者，几乎都是这样的男人在约我。在他们看来，我们这些舞者是可以相互替换的。被人看到还真是耳目一新的体验。

事实证明，这个荷兰人在情感上同样感性，我们相爱了。直到孤独的重担变轻，我才意识到它曾多么沉重地压在我身上。找到这样一个人，无论我戴上怎么样的面具，他都知晓我是快乐还是悲伤，这让我如释重负。

蜜月期间，我勇敢地回到了香港。我一直抗拒回去，因为我一直都能清楚地感知到，在内心深处，我对故乡的幻想、对我真正归属之地的幻想，将被新的我所抹杀，那是在布鲁克林而非九龙长大的我。事实也的确如此。我喜欢回去的感觉，热腾腾的菠萝包、向庙里的观音鞠躬，但人人都知道我是个外国人，包括我自己。因为我的走路方式、我的服装、我的妆容、我的口音，还有伴随左右的白人丈夫。

直至搬到荷兰，我又再一次成为移民，这才意识到我们的身份在多大程度上是由他人投射回我们身上的。当你告诉别人你念过某个大学，他或她就会识别这一元素，印象深刻或不感兴趣。当你提及居住过的城镇，你的谈话对象说："哦，我认识那里的某个人。"这些回应再次确认了我们对自己的身份认同，或好或坏。然而在荷兰，我的过往却掷入了虚空之中。没人知道公园坡、广东话、哈曼之耳[①]或千年蛋[②]。荷兰语对我来说难以理解。我鼓足勇气去商店，复述我在荷兰语课堂上学会的短语："洗发水在哪？洗发水在哪？"当我壮着胆尝试向店员询问时，她会用一连串晦涩难懂的话回答我，能让我惊慌失措地夺门而逃。

现在我会说荷兰语了，我们有了两个孩子。鉴于我曾每天

---
① 在犹太教的节日普耳节会吃的一种三角点心，又称为"哈曼的口袋"。
② 皮蛋在国外的别称。

回到家都要因荷兰人的直率而略感受伤，如今我也学会了珍视这种直来直往。荷兰是个绝佳的居住地，拥有出色的医疗保健、学校教育和格外松弛的育儿态度。可我仍旧常常感到自己还是与其他人有点格格不入。荷兰人是世界上最高的人种，而我只有不到五英尺高。每当我去接孩子们放学，就会迷失在一片树干森林中。声音全都飘在头顶上。我需要在公共厕所里跳上跳下才能看上几眼自己的脸。当其他荷兰妈妈一致同意让一群十一岁的孩子在公共海滩独自露营，都觉得完全没问题时，我会说："那不是出了名的勾搭地吗？"当冬日来临，我家附近的运河覆上了最最轻薄的一层冰时，所有邻居都毫不畏惧地冲出去，在河上滑冰。那些不会滑的人就站在旁边。为什么呢？我不知道。我从未真正觉得自己是美国人，但我意识到我已经变得有多美国化。

作为移民两次的人，我的人生大多数时候都在孤独中度过。事实上，现在依然如此。我常常觉得自己同身边的人有点格格不入，需要在不同版本的自己之间来回转换。

这是作为异乡人的代价之一。我们被语言、文化、无形的沉重过往牵着走，这些既压迫我们，又给了我们庄严肃穆的气质。有时候，我回想起小时候在工厂的时光，为了躲避检查员而藏身于那些巨大的储物箱，埋在堆积如山的衣服下，挣扎着喘息。即便是在那时，我也有着秘而不宣的决心，不仅要继续呼吸，还要有一天能站起来，抖落所有的布料，最终让自己被看见。

孤身行路的女人

艾术·谢恩

从前在纽约，有一个三十岁的东欧移民，名叫莉莉安·阿林，就像她之前的许多人以及从此以后的许多人一样，决定"向以往告别"。出于未经证实的原因——尽管有诸多猜测，包括她试图与情人复合，或与孩子团聚，又或者她只是真的很讨厌这个城市——莉莉安离开纽约去了西伯利亚。是徒步去的。据说她是想重新联系上自己的族人，那些被流放的东欧犹太人，他们都去了西伯利亚的"应许之地"定居。这场徒步花了她三年时间，但她做到了，或者说近乎成功了，又或是一败涂地，这要取决于你问的是谁。

莉莉安曾是个家庭帮佣，也可能是在服装行业工作。她很穷，单身，永远也不可能攒够搭蒸汽船回家的费用，哪怕是统舱都付不起。结果她却带上满满一包面包和茶叶，还有几张从

孤身行路的女人 | 183

纽约公共图书馆手描的地图，穿过纽约州进入了加拿大。那是一九二六年的平安夜，正是长途散步的好时光。

当时加拿大的欧洲移民记录少得可怜，因此没有那么多资料可考。莉莉安从未公布过任何与她的旅途或动机相关的信息，人们千方百计想采访她，给她拍照，她都拒绝了。但她无论走到哪，都能激发人们的好奇心，在她抵达加拿大时，早有报纸和杂志就这位神秘的步行女子写了文章。

莉莉安不知怎么就一路穿越整个国家来到了西海岸，也许是追随铁路轨道，或偶尔借火车搭个便车。她长途跋涉翻山越岭，穿越即便对老练的徒步旅行者而言也充满挑战的地形，而且还是身穿连衣裙、脚踩普通网球鞋、戴一条防昆虫的头巾做到的。

她总是孤身行路。

我正在听一个关于莉莉安的播客，正值晚高峰时段，我下了班匆匆往家赶，担心能不能按时接到孩子，在沙丁鱼罐头一样人挤人的地铁里，我的脸就埋在某个人的腋窝里，此时我唯一能想到的只有她的追索听起来是多么伟大。突然离开日常生活，步入沉重的未知之途，随身携带的物品比我眼下带在托特包里的还要少，这个想法仿佛是一个梦。我渴望去往一个静谧之地，有陆地，有天空。哪怕饥寒交迫，听上去也令人神清气爽，精神昂扬，因为此刻我热过了头，酒足饭饱，汗水沿着后背往下滴。独自一人，头脑清醒，念着他人，而不是被他人占据头脑，连我自己都给挤了出去。体验与世界有所连接的孤独状态，而不是身处上下班通勤的陌生人群中，却觉得自己如此疏离。地铁上这些人矫揉造作，一派八十年代电影风格。这念头听起来就像沐浴在育空的小溪中一样令人耳目一新。

我是一个有工作的已婚母亲，两个孩子都处于学龄，而我则处于一种落后状态。我感到孤独，有时简直孤独得要死，可我从来都不曾孤身一人。这不合理，因而令我困扰。我到底因为什么而感到孤独呢？我在想念谁呢？我从未孤身一人，又怎会感到孤独呢？

孤独暗示了缺失，孤独包含了思念什么人。以前总是这样，每当我从早间游戏小组把尚年幼的女儿接回来时，她会说："我太孤独了，想要你！"在全然出于直觉的幼童言语中，她指出了孤独的某些特质。孤身一人意味着一个地方，一种牢

孤身行路的女人

固的状态，但孤独是一种处境，是有指向性的，是一种交换，或者更确切地说，说错失的交换。

我之所以感到孤独，或许恰是因为我从未孤身一人。

差不多就在同一段时间，我心中涌起一股奇怪的冲动，想重新阅读生命中某一时段的日记，在如今的我看来，那时我过得最真实，那时我正寻求冒险，无所畏惧，独立自主，在此之前我从来没有再看过那些笔记本，距离写下它们已经过去快二十年了，这些日记来自我独自在欧洲背包旅行的那个夏天。我要如何才能再次成为那个女孩呢？如今我自怨自艾地想着，回忆起我独自漫步巴黎、巴塞罗那、威尼斯，回忆起我如何让自己漫无目的、转身走进一条街，只因为那里很好闻，走上另一条街，只因喜欢街上的建筑物反射阳光的样子，只听从我内心的罗盘。午餐休息时间，我偷出二十分钟去步行办事，在可预见的未来中，这将是我唯一可能踏上的旅途。我要如何才能像从前总是孤身一人时那样，做纯粹的自己呢？当我马马虎虎地往洗碗机里装碗盘时，大脑呻吟着，丈夫最痛恨我这么塞洗碗机，可我没有办法再召唤起内在能量，将更多的自我分给家务活了，它们已经分得很多了，而丈夫却在另一间房里看电视。

我要如何才能——就连思考也会不可避免地被"妈妈、妈妈"打断。

我料理好孩子的晚饭、作业、洗澡、睡觉。一旦他们睡着,我就躺在床上看我的旅行日记,连续看了几个晚上,像看惊悚小说一样。

和莉莉安一样,我三十多岁,拥有模棱两可的东欧犹太血统。和莉莉安一样,我不具备任何特别适合当前经济形势的技能。和莉莉安一样,我发现日常生活令我失望。有些日子,这种烦躁不安仿佛是真实的身体反应,在我的肚子里翻江倒海。

然而,和莉莉安不同,我是个妻子,是个母亲,这些事实将我牢牢地锚定在此地。我住在纽约市的一幢大公寓楼里,在编辑部门工作,我是非全职的社区成员。我的人脑里装满了输入进来的信息、责任与形形色色的竞赛角色。我渴望属于自己的时间,却总是置身人群之中,每一天的每一刻都是如此:在工作中,和孩子一起在家,和伴侣一起在床上。我很感激我的城市,因为这里的人群大都很有趣,我也感恩我的工作场所,

孤身行路的女人 | 187

为有键盘敲击陪伴的宁静时刻，但我的默认模式并不是寻找他人的陪伴，内心深处，我一直更像是个低配版的葛丽泰·嘉宝，呻吟着："我想独处！"

在《孤独城市》中，奥利维娅·莱恩写到了一些艺术家，他们以孤独的方式栖身于拥挤的城市："对人与人之间的鸿沟，以及成为人潮中的孤岛是何感受，他们都极为警觉。"我的猜测是，这就是发生在莉莉安身上的事。纽约市对她而言是个过于拥挤又过于孤独的地方，沿途她告诉人们，她在那里既没能挣到钱，也没能交到朋友。成为人潮之中的孤岛。对莉莉安来说，独处，独自长途跋涉，尤其是，她其实是要回家，或是投奔一个像家一样的人，这肯定是看上去最不孤独的选项。

在生活没能满足我的旅行癖时，莉莉安的故事满足了我。我的常规路线是地铁、健身房、办公室、地铁、家，然后再来一遍，好像正慢慢将我压缩成了原本那个麻木迟钝的自己，或者说我本就应该成为的自己。

我用了很长时间，事实上是很多年，才明白我不快乐，而我不快乐是有特定原因的，这个原因既简单又复杂：我的婚姻。这是一段孤独的婚姻。他工作时间长，很晚才回来，多数周末都在睡觉。就连待在一起的时候，我们好像也无法触及彼此。当孩子们回床睡觉，我们俩单独相处时，彼此间的疏离隔膜就越发醒目，我会说："嘿，你也太安静了吧，你在想什么？"他始终盯着手机或电视，头都不抬地回答："没想什么，"接着又说，"但你如果想聊聊，就聊聊吧。"

有时候我的确会开口，只是对着他倾诉，因为我真的很渴望人与人之间的联系，因为我渴望交流，因为我有事情需要思虑或分享，或是注意到了某个精巧的物品，因而想展示并告诉某个人，于是我就会说话，感觉自己像个小孩子，睡前喋喋不休，寄希望于自己如果足够有趣，就能分散妈妈的注意力，让她顾不上熄灯离开房间。我会提出问题，我从保持情感活力等诸如此类的文章中获取了一些启动话题，我会用来进行尝试。我东拉西扯，我快速切换话题，我拼命绽放光芒。有时他点点头，当我说着说着停下来时，他就知道该点头了。唯一能让我觉得这与自言自语不同的显著表现就是，他有时会耐心耗尽，说："这是真事吗，还是又随口一说？"

我们是怠惰的身体，碰巧共享了同一空间。但这不就是婚姻吗？是过了一阵子的婚姻，不是吗？"好了，那就晚安吧。"

孤身行路的女人 | 189

最终我会这样说，接着去完成任何需要完成的家务，然后去睡觉，孤身一人。

为了填充我的大脑，我摄入了能找到的一切关于莉莉安的信息，包括一部非虚构纪实、一部小说、一部图像小说和一部诗意短片。还有一部关于她的歌剧，我在油管上听了些片段，孩子们很想知道为什么晚餐拖那么久还没好。

比起最初横穿美国的那段旅程，她去往西海岸的旅途有着更为翔实的记录，因为她是沿电报线路走的。这是一条粗糙恶劣的小径，沿途是从加拿大南部到育空地区道森市传送电报的线路。可她不知道的是，电报线路从未真正建成。莉莉安沿着假定的电报线路行走时，有五个电报站是开放的。这条线上每隔五十英里就会建一座电报站，每个电报站都由一名线务员驻守，职责是保持他负责区域内的电报线路运行良好。这条线路的存在是为了促进交流，将两个国家联合起来，小时候我们会用"罐子和绳子"电话，这条线路就像是它的国际版。我忽然觉得这很像一个赤裸裸的隐喻，为信息时代埋下伏笔：这是莉莉安，孤身行路，沿着为连接人与人而设计出的充满想象力的线路往前走。

然而莉莉安绝不是为了与人联系而行路。据一些人称，当电报站的线务员同她交谈或试图提供帮助时，她只会说"我要去西伯利亚"。她在旅行途中手持铅管作为武器，所以这时她很可能已然经历过人们非要给她提供她并不想要的帮助。

一九二七年九月十九日，当她出现在第一栋小屋时，接线员担心这个季节已经太晚了，她恐怕难以凭双脚走到目的地。他极有可能在有进一步行动前试图说服她别再继续，而他的下一步行动就是打电话给当地警察，导致她被捕。这些男人决定将她关押在监狱里过冬，并以流浪罪起诉她，按他们的说法，是为了拯救她的生命。为什么不呢？长久以来，男人一直把女人锁在形形色色的监狱里，以保护她们免受妄想的伤害为借口。

当我激动地将莉莉安·阿林和她的长途跋涉告诉大家时，他们常斜睨着我，问她是否精神有问题。每当发生这种情况，我就不再多言我认为她的追求听来有多愉快，并想效而仿之。而且，我就注定了要喜欢她的故事，因为它恰好就是属于我着迷的类型,我猜基本上可以归纳为"女性逃离自己的生活"。我喜欢小说《伯纳黛特,你去了哪》《怀胎九月》和《蚁后诺玛·吉恩》。我痴迷于七十年代的电影《旺达》(以及旺达相关书籍《芭芭拉·洛登组曲》)。我喜欢爱玛·盖特伍德的故事,一位六十七岁的老人家,一九五五年的一天,她告诉家人,她需要一些新鲜空气,要出门走走,最终徒步走完了整个阿巴拉契亚小径。我们中有谁不曾需要那样充足的新鲜空气呢?我知道我不该如此共情这些女性,毕竟我拥有质量极高且有社会认可度的生活,当然了,事实上,我永远不会从孩子们身边走开。

可是啊。

我认为,人们之所以对莉莉安感到困惑,是因为他们无法确切理解她艰苦卓绝的追求究竟是什么。她的动机模糊得令人不安,甚至她自己恐怕也不清楚,她似乎也从来都不想为自己解释。但我想,这也恰恰是我喜欢她的原因。我钦佩任何怀抱坚定信念行疯狂之事的人,哪怕他们无法用他人能够理解的方式来充分解释这件事。

在监狱度过六个月后,莉莉安在温哥华工作了一段时间,随后再次沿着电报路线出发。有一张她的照片,身边有只狗,据大多数人认为,可能是其中一名线务员送给她的。这只狗是她整个旅途中唯一的同伴,但很快就死了,可能是吃了下给狼獾的毒饵。至少有一种说法,未经证实却引人入胜,说她填充了这只狗,并带着这个 DIY 的宠物标本旅行了一段时间。

沿着电报路线往前走,身边有或没有那么一只填充过的狗狗尸体,神气活现的,线务员试图为她提供更好的装备来应对天气,或试图说服她放弃追求,她一律抵制,经过凡此种种,莉莉安在道森市找到了一份家政工作。当地人形容她为"无知"且"粗鲁"。想象一下这个独立、野性的女人,幽禁室内的工作,在经历那么多个月的长途跋涉、风餐露宿、自食其力之后!我敢肯定她确实很粗鲁!正如真人秀节目的口号,她可不是去那儿交朋友的。

一九二九年,一名为史密森尼学会执行考察任务的人类学家报告称,他看到一个神秘的白人女子,坐在一艘古怪的船中沿育空河航行。他写道:"人人都对她奇怪的行事方式进行猜测,但同她说过话的人说她并非精神失常。'写小说',或者

'可能是一场犯罪'。"

她究竟走了多远?同样迷恋莉莉安的伙伴,异想天开的世界旅行家劳伦斯·米尔曼在二〇一二年的作品《徒步去西伯利亚》中写道:

> 为了我的书,我决定尽可能追随莉莉安的脚步,因此我出发徒步,至少要亲自走上一段育空电报线路。不幸的是,当时它已不再是一条小径,我很快发现自己艰难穿行在北方地狱,由苔藓、几乎不可逾越的下层灌木丛以及恶魔俱乐部组成,所谓恶魔俱乐部就是一种武装有猫爪刺的植物。我不断遭到马蝇和蚊子攻击,它们似乎是在相互配合。我零零散散看到了一些旧日的电报线,一度遇到一个像木乃伊一样包裹在电线中的驯鹿头骨……经过非常不愉快的五天,我放弃了。但是莉莉安没有放弃。

是的,莉莉安没有放弃。据报道,一九二九年她乘船离开了阿拉斯加海岸的诺姆。土著们经常通过白令海峡往返于西伯利亚和阿拉斯加。或许有人能够帮助莉莉安搭乘传统船只穿过那片水域。一些消息源则称她试图游过白令海峡,结果淹死了。还有人发誓说亲眼看到她乘船渡过了海峡。

此时此刻,我在日常生活中是那么拥挤不堪,焦躁不安,我觉得自己马上就要大声尖叫了。可我又能做什么呢?瘾君子会用人工合成的毒品满足自己的陈年毒瘾,我就是像那样对待自己的感受:那个,漫游欲,去公园走走吧。好吧,独立自主,你可以自己待上一小时,没问题,但是不要太过频繁。我想写我的新小说,但那付不起账单,所以我去做我那单调乏味的工作,然后下班回家,接孩子放学。我又把一块速冻披萨放进沾满了披萨芝士的烤箱。我把餐具放进洗碗机。我辅导孩子们写作业,告诉他们必须离开屏幕,洗个澡,读真正有文字的书,以及其他所有身为人母必须做的恼人琐事。丈夫回来时,我问他今天过得怎么样,他咕哝着回答,并没有反问我,并走进了另一个房间。我想到了莉莉安。

有时,我嫉妒的是莉莉安的独处。但又不止于此。我更嫉妒她的野蛮生长与奇异目标。她只想要一件事:行走,孤身

孤身行路的女人 | 195

一人，朝着家的方向。说真的，这难道不是我们所有人想要的吗？真的，这不正是生活的真谛吗？在艾米·布鲁姆以莉莉安的人生为原型的小说《远离》中，莉莉安以为女儿在家乡发生的大屠杀中丧命，结果却得知了人还活着，找到女儿的渴望给了她一个具体有形的背景，一个可以理解的动机。但在现实生活中，我很想知道莉莉安的目标是否更不理性、更加原始：只是想走。

我们往往不喜欢女性身上的野性与独立，尤其是在超过三十岁的女性身上，莱恩将30＋描述为"女性孤独的年龄……周身缭绕一种持久的怪异、反常且失败的气息"。我们更不喜欢母亲身上的野性。金·布鲁克斯在她的文章《一个年轻艺术家母亲的肖像》中写道："艺术的意义在于动摇、质疑、扰乱一切安逸与安全。为人父母不该成为任何人的目标。"鲁菲·索普在她的文章《母亲、作家、怪物、女佣》中写道："如果你暂时将自己放错了位置，没有任何方式比问问自己想要什么更能让你找到定位……对于一个女人来说，相信自己理应得到自己想要的，并认识到内心为得到它而战斗的意愿，没有什么比这更具颠覆性。"

我试图想象我自己的版本，她将肩负不可能实现的诉求，她将为自己想要的一切而战斗，哪怕是颠覆性的，是无法被社会接纳的，抑或是难以向世界解释的。然后，我真的去做了。

我离开了丈夫，搬了出去，住进了属于自己的地方。

我用了多年时间才能向自己坦承，我的不安与孤单并非只是我自身的一部分。事实上，它们一直都是我们病入膏肓的婚姻的病症，哪怕我深陷困境，努力将它们解释为别的，比如，也许是个人缺陷，或是当代中年生活不可避免的特质。

我独自披荆斩棘，是因为我的婚姻实在太孤独了。而我真的做到了。

现在，每周我都有一些时间独处，孩子们和爸爸在一起，就在几个街区之外。我心中有些东西舒展开了。我写作，我思考。我听喜欢的音乐，没人嘲笑我。我读那些心爱的老书，它们如猫咪一般蜷缩在我脑海中。我和朋友煲电话粥的时间变长了，已经有很多年我都不能聊这么久。我可以用婚姻亚文化所不允许的方式同他人接触：我很自然地邀请朋友们来我完全没收拾的公寓喝酒；孩子们有朋友来玩时，我可以邀请他们留下来吃晚餐；我们也受邀与其他家庭共进晚餐，我也不必找借口推脱，可以一口答应，并且发现自己竟然与邻居以及此前不太熟的朋友进行有趣的交谈。我想或许有一天我会再次约会。或许有一天我会坠入爱河，尽管这个概念此刻在我听来就像是科幻小说。

这是多年以来我第一次感觉我是我自己。我的能量和注意力有了余裕。孩子们和我在一起时，我以我想要的方式来做母亲——专注，耐心，慷慨，充满好奇心。正如安妮·莫罗·林德伯格在《大海的礼物》中所写："如果一个人与自己失去了联系，那么他就无法触及他人……只有当一个人与自己的内核建立联系，他才能与他人建立联系。"而那个内核，她指出，往往能够在独处中寻得。

不安已经平息。不快乐业已蒸发殆尽。

前夫不理解发生了什么，他的固有观念是，不存在身体虐待或不忠，离婚就没有合理的理由。我无法让他理解，但我可以提醒自己，无论外界如何看我，我绝对是个艰难求索中的理性人类。我内心的莉莉安提醒我无需费心去把控叙述。她从不费心去纠正那些拿她编故事的人。她很清楚，无论有多少男人要求你用他们的方式来解释你自己，唯一重要的故事只有你正在经历的事。

我计划进行长距离徒步。也许这个周末我会一路走到海边。也许有一天我会走得更远,但此时此刻我心满意足。我不再觉得身上套了件防护服,就是在牙医诊所拍 X 光片时他们给你穿的那种。我有我的孩子、我的工作、我的朋友和家人,我有时间做自己,我一点都不孤独。

每当开始失去勇气,我就会想起莉莉安,朝着"家"的方向行走,无论那个家究竟是什么。也许此刻我也正走在这条路上。

融入与剥离

彼得·霍·戴维斯

考文垂是英格兰一个毫无特色的地方,没有太多出名之事。根据中世纪传说,戈黛娃夫人为了抗议税收,赤身裸体骑马穿过城里的街道。德国空军在一九四〇年的一个夜晚将它炸为平地。因此,这个城市想要宣称菲利普·拉金很可能是英国战后最杰出也最阴郁的诗人,也是合情合理。火车站的一块牌子引用了他写的诗句,写的是乘火车穿过这个城镇:"'啊,考文垂!'我惊呼,'我在这里出生。'"

恰好,我也在那里出生(尽管我是混血,但我并不是时刻看着都像混血)。我甚至和拉金上了同一所学校,虽然是五十年后。作为满脸青春痘的少年,我发表的第一篇作品刊登在校园杂志上,那一期的主打内容是对拉金的采访。

那块牌子忽略掉的是拉金对这座城市不那么美好的回忆,因为"我在此处度过的童年黯然沮丧",尤其是同一首诗的最后一行，简直是最终审判，"无他，就像那些随处上演的事一样"。当我第一次在学校读到这句话时，既震怒又失望，不是因为它不是真的，而是因为，距离拉金的青年时代已经过去了这么多年，可这句话仍然是真的。即使发生在过去的少数著名事件也似乎寂寂无名——摧毁了市中心的轰炸，戈黛娃的一丝不挂（甚至她的赤身裸体也是一个约等于无的事件，市民无人目击，他们都出于尊敬闭门不出，除了一个裁缝，窥视者汤姆，因他的大不敬而失明）。至于当下，或者至少是我年少时的1980年代初，更为当代的一名诗人的抒情诗恰如其分地概括了这一切："这座小城正在变成一座鬼城。"这个诗人是杰瑞·达莫斯，我的另一位校友，现在是"特殊"乐队的队长。

《鬼城》是一个混乱夏天的颂歌。在撒切尔夫人统治的英国，考文垂并不是唯一的垂死之城。不断攀升的失业率和紧张的种族关系导致暴力动乱在全国各地的内城纷纷爆发，包括伦敦、伯明翰、利物浦和曼彻斯特。我们等待着，为考文垂即将爆发的混乱做好准备。然而，当我因冲突不曾爆发而释然时……它又来了，生活在无事发生之地的厌恶感又出现了。

但紧接着，在那个《鬼城》之夏快结束时，考文垂的确发生了一些事，至少在一个书呆子小孩眼中发生了——《星际迷航》影迷会来到城里举办。(如果这个开始于菲利普·拉金,再经过杰瑞·达莫斯,最后到詹姆斯·柯克的叙述能让你恍然大悟,那就是在铺垫暗示,对于当时的我而言,考文垂能有机会举办《星际迷航》影迷会是多么不可思议。)那是一九八一年。十年来,影迷会一直吸引着在美国的粉丝群体,被认为是电影复苏的功臣之一。我在粉丝杂志和电影杂志上读到过这些影迷会,它们看起来就像是与卡米洛特以及魔戒远征军一起,参加神话人物的传奇聚会。坦白说,想到这样的活动能大驾光临考文垂,其可能性简直堪比"进取号"出现在我们教堂尖顶上方的天空。而且让整件事更魔幻的是,这场大会在城里的举办日期……是我十四岁生日当天。显然,我不仅要亲眼看到才能相信,我还注定要参加它。

不是像拉金或乔治·艾略特这样更为文学化的人物,而是科幻小说让我第一次有了想要写作的冲动,几年后我才知道乔治·艾略特的小说《米德尔马契》就是以考文垂为背景的。科幻是我最先喜欢上的读物和电影,多亏了粉丝杂志、幕后制作纪录片和一本叫做《谁在写科幻小说?》[①]的书(查尔斯·普

---

① 作者注:由美国梦工厂出版。

融入与剥离

拉特采访科幻小说权威，是《巴黎评论》系列那种风格，从阿西莫夫和布雷德伯里这些黄金时代的雄狮，到哈伦·埃利森和迈克尔·穆考克这样的新浪潮坏小子），第一篇小说要写什么，我能想象到的就是科幻。但是写它——拙劣地模仿科幻剧，并非碰巧在电视机跟前写——本身只是达成目的之手段，是通往看上去既冰冷又热情的社区的入口……要是它不在大西洋彼岸就好，这是最重要的。

事到如今，四十年过去了，我的脑海中仍然留有一幅生动的画面，可我甚至连一张相关照片都没看到过，我只是读到过，那就是哈伦·埃利森，里程碑式的剧集《星际迷航》中《永恒边界之城》的作者，在某一次影迷会上，坐在一个塑料金字塔里写小说，同时有数百人围观他工作。这是一种壮举，他在不同书店的橱窗里也同样表演过，这画面依旧令我震动，如同年少时一样，也太棒了吧。但岁月的流逝也让这一形象看上去更富意义，象征着作家特有的渴望，渴望孑然一身，甚至冷漠疏离，但仍处于人群的中心。既是群体中的一分子，又是遗世独立的存在。此外，还得是人群中最重要的一分子。尽管当时我无法表达这种感受，但头一回参加影迷会时，这就是我所渴望的东西。仅此而已。

当然，那次大会很糟糕。我连一个小孩子都没看到，所有和我共享热情的成年人都让我这个害羞的少年感到窘迫（人人都有个无趣至极的英国名字：维夫和特里、麦克和苏、蒂姆和西拉）。这毕竟是一场科幻影迷会，面对我的未来，我忽然意识到，内心深处我其实与父母的期望秘密地保持了一致，影迷活动只是个过渡阶段罢了。穿着星际舰队迷你裙的中年女士们尤其令我震惊（她们当然不像戈黛娃那样全裸，但我还是移开了目光）。但我也无法超脱某种自我禁欲。在最低谷的时刻，我为自己买了张星际迷航生日卡，耐心排队，等待竹井乔治、尼切尔·尼克斯、格蕾丝·李·惠特尼和马克·雷纳德为我签名（他们都和蔼可亲，没有一个人流露出一丝怜悯的神色）。

然后就有了菲尔克（科幻民谣），是毛球族和曲速引擎[①]的原声演奏，而在杰瑞·达莫斯的幽灵城中，就算不是亵渎，也肯定是一点都不酷。

回想起来，那感觉像是孤独的绝望表现，甚至称得上鲁莽，尽管所有粉丝也许都很孤独，毕竟单向连接的感觉是不可

[①] 二者都是《星际迷航》里的元素。

避免的，但那时候，我在见面会中感觉最糟的时刻似乎更为无辜。当时酒店舞厅里开始举行某个盛大活动，可能是个服装比赛，而我独自坐在那儿，极不自在，于是想着去楼梯间找个高点儿的位置，得在房间后方，视角要好，又隐蔽。既融入，又独立。已经有些人聚集在那了，看起来是个隐秘而友善的据点，但我刚在栏杆边找到一个地方，就有人要求看我的见面会徽章。原来这个楼梯是为组织者、灯光组和摄影师保留的。当然是了。没有人刻意较真（不仅仅是英国人），但我还是逃走了，不算眼泪啪嗒，不算狂奔，而是一次跨两个台阶，甚至没有再去找个座位。

那是我最为孤独的时刻（很可能让我变幸运），但为什么呢？我曾经身处数百万人口的城市，却不会讲他们的语言。也曾在山坡上徒步，数英里之内都看不到一个人影。

我要强调，所有这一切都发生在近期的"书呆子文化"主流化之前，那时粉丝们仍旧有点偷偷摸摸，甚至会被看做是异常行为（同人文里对喜爱角色的性与性行为的关注仍旧有那么一点违背道德，因为当时大多数的性与性行为都是违背道德的，尤其是在英国）。我一个人去的见面会，因为太害羞，不敢告诉任何人我要去。我本就一直都很孤单，希望在那里找到同类。探寻新生命和新文明。从诸多方面来说，他们的确算是我的同类，他们阅读，观影，喜欢许多我读过、看过且喜欢的东西，然而，即便身在这样一群书呆子和怪咖中，我仍旧觉得自己是个局外人。这情形让我多想不通啊！我认为这就是最深刻的孤独了，我们觉得这群人应当和我们最为相像，也是我们最想成为的样子，结果身处其中却倍感孤独。事实证明，我们的族群并非真是我们的族群。为了加入它或留在其中，我们必须压抑自己体内的某些特质，假装或冒着被驱逐的风险，结果却可能更糟。

考文垂，有学校、旅馆和火车站的具体场所，所以它当然不是唯一的考文垂。这个词还有另一个更出名的隐喻，即"被遣往考文垂"这个俗语里的那个"考文垂"，意为被排挤或遭回避，被人视而不见，充耳不闻。形若无物。这句俗语的起源并不确定，有人提出说是与偷窥者汤姆的命运相关，倒是挺巧妙，但怎么看都像是编的。另一种理论是，它可以追溯到十七世纪的英国内战，当时保皇党的囚犯被遣往国会据点考文垂。无论词源如何，在那次见面会上，有那么一瞬间，我觉得自己是这两个"考文垂"的公民。一半是亚洲人，一半是白人，形单影只。对任何人来说都无足轻重。

有趣的是，拉开四十年的距离再看，我现在意识到《星际迷航》，至少是原初系列（对粉丝来说是 TOS），孤独与隔绝是其中的重要内容。斯波克那格格不入、半是人类半是瓦肯人的身份就是最显著的例子（也是最吸引我的），但是一集接一集都主要展现了唯一幸存者、搁浅在荒芜星球上的人物、只有机器人或外星人陪伴的孤独角色。查理·X、米瑞、霍塔、末日机器，要么是被遗弃的，要么就是他们种族中的最后一人。就连伟大的反派可汗和他那帮狂热追随者也是流亡之人，都是被抛弃的。

但是，没什么好惊讶的，孤独似乎理应成为这个剧的潜台词。太空是"最后的边疆"，而《星际迷航》的创作者吉恩·罗登贝瑞将其构想为"驶向星星的马拉篷车队"。对于边疆，有一件事我们是知道的，那是个孤独的地方。而且，太空是辽阔的，其辽阔程度能让任何人感到孤独。

然而，同所有独行者和离群者同时存在并形成对比的是，这部剧奉上了几个社区的版本：有一些很危险，比如可汗的小团体（在好几集里都有一种反复出现的怀疑论，关于宗教狂热或墨守成规的社区,这在《星际迷航:下一代》的博格人中达到巅峰),有些则是温和的,如"进取号"上的多种族团队就是实证。也许正是社区所带来的微弱希望——船只、舰桥船员以及由柯克、斯波克和麦考伊组成的三人小组——置于宁宙的孤独背景下,解释了这个系列的一些内容为何能够具备经久不衰的魅力。电视和书籍,更普遍地说,往往与孤独有关,的确,它们就是孤独的媒介(与戏剧、电影或音乐不同,这些往往充满社交属性),我们分别参与,私下进行,只有自己一个人,尽管如此,还是将我们与外面那些不可见的陌生人联系了起来,他们也在独自观看,独自阅读。

因此《星际迷航》,还有"进取号"小组给我上的一课,竟然舒缓了我在那次见面会上的异类感,或许我们要寻找的陪伴并非是要与同类在一起,也就是那些与我们相似的人,而是要和其他人一起,他们与我们不同,甚至是外星人,我们同他们分享的只是一趟孤独的旅程。有时这样就够了。

融入与剥离

放 手

玛雅·尚巴格·朗恩

我凝视着厨房窗外,无法集中精力。这是六月里灿烂的一天,天空湛蓝,而我却想不起上一次步入后院是在何时。奖学金申请只剩两天时间,可我已经落后几周了。

"抱歉打扰你。"母亲开口,打断了我的思绪。她在门口徘徊,"我只是想知道……我什么时候能回家?你能开车送我回去吗?今天?"她看起来小小的,很害怕。

"你介意我过一会儿再送你吗?"我问,"我正在处理一件事。"

"哦!当然。"她慢吞吞地走开了,我尽量不让自己感到内疚。

我和母亲每天都要进行这样一番对话。只有当她指责我毒害或抢劫她时,对话才会略有不同。

我无法提醒母亲,她的医生认为独居对她而言不安全,因

放手 | 215

此我假装是她来我家看看,而不是住在这里。这对我们俩都是一种仁慈。痴呆症患者不喜欢别人提醒他们的痴呆症。我还有一个小时就得去接七岁的女儿放学。如果我试图跟母亲讲道理,就会浪费时间。作为母亲的全职护理员和女儿的全职妈妈,我需要尽可能保护好我的时间。

每天,我都提醒自己假装是必要的,欺骗母亲并不是错的。我不得不一遍又一遍对自己重复这个观念,就好像我才是那个得了老年痴呆的人。

我三十多岁,母亲六十多岁。我渴望慈爱的外祖母烤饼干、读睡前故事的场景。然而,我却要为母亲做饭,帮她洗澡,在她焦虑时安抚她的情绪。

我把注意力转回笔记本电脑上。时间如往常一样流逝,快得过分。很快我就要匆匆出门,意识到下午的时光将呼啸而过,一片模糊:辅导女儿做作业,拼凑出一顿晚餐。我的丈夫,下班回来后会想和我聊聊他的工作,他那边的家庭问题,我也很想听,做个好妻子,正如我想当个好妈妈、好女儿,与此同时,奖学金的申请一直盘桓在脑海中,嘲笑我竟然自认为在各方面都很出色。

出门时我路过客房,看到母亲正在熟睡,我要开车送她回家的允诺早就被忘到了九霄云外，一如我对她说过的绝大多数话语。

早上，我会往母亲的手心里放一粒白色小药片。这个药是安理申，是治疗阿尔茨海默病的先进药物。就在几年前，我母亲还为安理申进行了临床试验。那时候，她会对这个药的化学结构和禁忌证滔滔不绝。而我则全身心为她自豪。五十五岁离婚后，她重新塑造了自己，结束了数十年的精神科医生工作，转为临床研究员。我从未见她那么开心过。但那时，我并不知晓我们的时间是如此有限，很快她就要服用自己协助推进的药物。我没想过要告诉她我有多钦佩她、多感激她，当她和父亲离婚时，我有多开心。

当我把药片放在她的手心，我想告诉她，她是令人敬畏的科学家，是个言简意赅的医生，是一股自然之力。你是我的母亲，我想说，可我明白这些话是为了我自己而说。

我们如何才能跋涉过那模糊不明的失去？我的母亲近在眼前，却又是缺席的。我不知道我在和谁说话，是否该为她战斗，努力把她拉回来。她并不总是愿意去想自己曾经是谁。活在当下对她来说更容易些，无拘无束，自由自在，不必面对我沉重的期待。可是对我来说，那些期望搭建起一座储藏室，里面是曾经的她。

我感觉自己困在过去与现在之间。她和我在同一个房间，但我们却处在不同的时间。

她吃了药，咽下去。然后慢吞吞地走开，穿着拖鞋的脚步声一片寂然。

"我们能这样多久呢？"

现在是冬天了。母亲勉强接受我对她的照顾。她吃我准备的食物，允许我给她准备当天的衣服，但她总是拿一堆问题来纠缠我。

"我已经在这住了好几个星期了，"她一本正经地继续说道，"但这样能持续多久呢？"我没有告诉她其实已经过去好几个月了，我不知道我能坚持多久，她的问题让我感到恐惧。

我把对自己说的话又对她说了一遍：我很高兴能照顾她，幸好家里有足够的空间留宿她，我很幸运有一份灵活的职业和一个理解我的丈夫。我一边做饭一边不假思索地说出我牢记在心的感恩清单，我一手拿铲子，一手拿手机。

查看电子邮件时，我知道那个奖学金拒绝了我。不能说意外，毕竟是匆匆忙忙拼凑出来的申请，但我真的很失落。有那么一瞬间,我看到我自己,在灶台前的女人,在锅里翻搅。我一点也不想成为这个女人。我感受殉难的强烈诱惑,牺牲自我是多容易啊!像是激将法。去吧,一个微弱的声音催促我,放弃就行。

那天晚上吃饭时,丈夫加班,我看着女儿和母亲坐在桌旁。她们像姐妹一样,互相窃窃私语,沉瀣一气地咯咯笑。看着她们轻松自在的模样真是很美好。佐伊对她的外祖母没有任何期待。她接受她此刻的样子。

晚些时候,当母亲问:"那我们什么时候吃饭?"佐伊哈哈大笑说:"我们刚吃完饭,外婆!"她的态度中没有尴尬,也没有责备。我要是说同样的话,听起来就会截然不同。母亲也跟她一块儿笑,眼角挤出了皱纹。

几年前度假时,佐伊发现了一道彩虹。她注意到只有透过墨镜才能看到它。"没有墨镜,彩虹就消失了!"她说。我决定就以这种方式去看待母亲的阿尔茨海默病,透过深色镜片,某些天赋便能显现。也许我能学会活在当下。至少,我还可以看着女儿和母亲在一起,知道这将是我再也回不来的时光。

随着春日临近,我日益感到孤立无援。朋友和家人已经不再询问我的状况。对他们来说，这个安排已经常规化了。但对我来说，它并不日常。时间只会让我的处境变得更加奇怪。

我的世界越缩越小，只剩下作为看护者的角色。

我围着母亲打转。即使她在自己的房间里关着门，我也能强烈感觉到她的存在。我烦躁不安，等待她拖在地上的脚步声响起。在听丈夫和女儿讲话时，我心烦意乱。我感觉自己给他们的注意力更少了，因为我的注意力实在有限。我想不起上一次念及自己是什么时候。

矛盾的是，如今母亲反而变得更容易照顾了。她很健康，不再跟我作对。我做什么她就吃什么，渴望我在身边。每当我从浴室出来，她都站在那儿，在等我。一看到我，她松了口气，露出微笑。这正是我曾经追求的那种依赖，可我却很抗拒它。

我希望她与我对抗，问我问题，认为她仍然掌控一切。

她一直在发福，食欲旺盛。每隔几个月就需要新衣服。这让我想起了佐伊小时候，一摞摞穿不下的裤子堆放在衣柜里。与此同时，我却如小鸟啄食，吃得很少。夜深人静，我无法入眠。

母亲与我互换了角色。我们甚至互换了衣服。随着身体缩水，我就穿她穿不下的衣服，她则开始穿我近来变宽松的裤子。她能酣睡一整晚，而我则起床踱步。一旦我离开她的视线几分钟，她就会变得焦虑不安。她向我伸出手，拥抱我，小时候她从来没有这样抱过我。

我不会向朋友们倾诉我的感受。我感觉自己同他们疏远了，我在墙的另一边。近乎一年的时间，我没有再申请任何奖学金或教职。为什么要申请呢？我根本不可能上课，我根本无法离开家。我已经很久没有写任何新作品，甚至都无法想象写作这件事。整个这段时间，我都觉得母亲只是个空壳子，而真正感到空洞的人却是我。

这就是透过深色镜片看世界的问题所在，即便偶尔看到彩虹，可大部分光亮都暗淡了。我们忘记了生活应该是什么样子。

这段时间的奇怪之处在于，我和母亲在一起的每一天，都有一种不安的感觉，感觉每天都是又失去了一点她，仿佛我们俩都在清除自己。

她正在放下母亲这个角色。

我正在放下女儿这个角色。

我最想做的事就是能与她交流，坦诚对话，摆出事实。我想播放存于我脑海中的高光时刻，一段蒙太奇视频，能够证明我的选择。我在寻求原谅，我猜是这样。我也在寻求理解。我想告诉她，这对我来说也同样艰难，我不知道自己在做什么，我从未想过要承担照顾她的责任。我想和她推心置腹说说她这个人。我想让以前的妈妈帮我照顾现在的妈妈。

说实话，我无法像佐伊那样接受我的母亲。我试了，但一部分的我还在僵持，拒绝放手。这部分的我不想离开，我也不想。这部分的我记得母亲以前的样子。

数月来，我为到底要不要把母亲送进养老院而苦苦纠结。目前的情况难以为继，但送她离开是不可想象的。我确定她会痛苦。我已经如此习惯了我们的处境，已然注意不到我自己的痛苦了。

摘下深色墨镜需要勇气。我从未想象过自己会成为母亲的看护者，但现在我已经无法想象别样的生活。最终，我准许自己放手，我告诉自己，一如告诉她，她只是暂时去那里。有时候，托词是必要的，即便是说给自己。

令我惊讶的是，母亲在养老院里找到了我给不了她的东西：同龄人、社交支持、社区团体。每当我给她打电话，她都有关于朋友和宾果锦标赛的故事要讲。接到我的电话好像让她有点烦躁，就像一个马上要出门的大学生。

现在我终于明白，站在灶台前，搅着那口锅，我为何那么痛苦。我没有允许自己为自己想象更多可能性。我是将优先考虑自己与毁灭划上了等号。

我想，这就是孤独感最令人窒息的特征，它限制了我们的想象力，在我们耳畔低语着生活永远也不会变好了，这让我们无法展望各种各样的可能性。孤独损毁了我们所占据的空间。

处于忧惧中时，我忘记了好的结果也能存在于不确定性的另一面，在纵身一跃之前，我们无法看到新生活的好处。

这一跃名为自爱。由此带来的其他好处是我们无法预见的。

几周后的一个下午，我发现自己走入了后院。紫藤已经次第开放，攀上了处于它浓烈紫色领域内的房子一侧。

我仰起脸庞，面向天空。这是灿烂的一天，天空一碧如洗。这就是母亲曾经对我的期待，站在光中。现在我知道了，放手时我们并不会失去，因为在放手这一动作中，我们找回了自己，重新回归自己，这种重逢是愉快的，而我们曾经连想都不敢想。

交易故事

裘帕·拉希莉

书籍和它们所包含的故事，是小时候我唯一觉得自己能够拥有的东西，即便那时，这种拥有也并非字面意思上的拥有。我的父亲是一名图书管理员，也许是因为他信奉集体所有制，也许是因为父母觉得给我买书是一种奢侈，又或许是因为当时的人们能够得到的东西普遍比现在要少，我几乎没有属于自己的书。我还记得头一次渴望一本书，并最终得到准许，从而拥有一本属于自己的书时的情形。那时我五六岁。那本书很小，只有四英寸见方，书名是《你再也不必寻找朋友》。它和便士糖还有搞怪包一起待在那家老式杂货店里，杂货店与我们在罗得岛的第一个家一街之隔。情节很老套，更像是扩展版的贺卡而不是个故事。但我记得看着妈妈为我买下它并带回家的兴奋。打开封面，在"这本书特别献给……"的题词下面有一条横线，是用来写上我的名字的。妈妈这样做了，还写了"母亲"这个词，从而表示这本书已经由她送给了我，可是我并不叫她母亲，而是叫她"妈"。"母亲"是个替补监护人。但她给了我一本书，近乎四十年后，这本书仍旧栖息在我童年房间的书架上。

我们家并不缺少可以读的东西，但真正可读的却很匮乏，也勾不起我的任何兴趣。有些关于中国和俄罗斯的书，是爸爸为他的政治学研究生课程而读的，还有他读来放松的一期期《时代》杂志。妈妈拥有长篇小说和短篇小说，还有一大摞名为《Desh》①的文学杂志，但全是孟加拉语，就连文章标题对我来说也难以辨认。她把自己的阅读材料存放在地下室的金属架子上，或是放在床边的禁区。我记得有一卷黄色的诗集，是诗人卡齐·纳兹鲁尔·伊斯拉姆的抒情诗，对她来说似乎是神圣文本。还有一本厚厚的、磨损的英语词典，紫褐色封面，玩拼字游戏的时候就会被抽出来。我们一度买过一整套百科全书的前几卷，当时我们逛的超市正在促销，但我们始终没有把它们全部买齐。我们家里的书在质量上非常随意，参差不齐，一如我们物质生活中的其他方面。我渴望拥有相反的东西：一所装满书的房子，书籍堆满每一寸地面，生机勃勃地沿墙排

---

① Desh 是孟加拉语中国家的"国"字，代表着故乡之意。

列。有时，家人拿书填满房子的努力似乎徒劳无功，就像爸爸曾经安装过杆子和支架，托起一套橄榄绿色书架，这就是现成的例子，没过几天书架就垮了，七十年代的殖民地风格石膏墙板根本无法支撑它们。

我真正追寻的是父母更为醒目的精神生活痕迹——装订或印刷的证据，证明他们读过什么，是什么曾启迪并塑造了他们的思想。我与他们之间经由书籍建立起某种联系。但父母不曾给我读书或讲故事。爸爸完全不读小说，而妈妈小时候在加尔各答喜欢的故事没有传承下来。我初次体验听故事是在第一次去印度的时候，那是我唯一一次见到外公，彼时我两岁。他会躺在床上，让我靠在他的胸口，编故事给我听。后来有人告诉我，其他人都睡下后，我们俩还不睡，外公一直在扩展这些故事，因为我坚持不让故事结束。

孟加拉语是我的第一语言，这是我在家里听与说的语言。但我的童年读物却是英语，它们的主题绝大多数都是英国或美国人的生活。我意识到一种入侵感。我意识到我不属于我所阅读的世界，我的家庭生活是不同的，我们桌上点缀的食物不同，我们庆祝的节日不同，我的家人为不同的事而忧心焦躁。然而，当一本书归我所有，当我阅读它，这些都不重要了。我

交易故事

进入了一段纯粹的关系，发生在我与故事和角色之间，如邂逅现实世界般邂逅虚构世界，全然栖居其中，瞬间沉浸无踪。

生活中，尤其是少女时期，我害怕参加社交活动。我担心别人会怎么看我，会怎么评判我。但阅读时，我完全没有这种担忧。我了解我的虚构伙伴们吃什么、穿什么，了解他们的说话方式，了解他们房间里散落的玩具，了解他们如何于寒冷的日子坐在炉火旁喝热巧克力。我了解了他们的度假、他们采摘的蓝莓、他们的母亲在炉子上熬的果酱。对我来说，阅读是一种最基本的探索——探索一种迥异于父母的文化。我开始通过这种方式违抗他们，并通过书籍理解了他们所不知道的事。无论哪本书是因为我的缘故而进入我家，都属于我的私人领域。由此，我不仅觉得自己是在擅自入侵，更觉得从某种意义上来说，我是在背叛那些养育我的人。

当我开始交朋友，写作是我的手段。因此，最开始，写作和阅读一样，并不是一种孤独的追求，而是一种与他人建立联系的尝试。我并不是独自写作，而是和班里的另一个同学一起写。我和这个朋友会比肩而坐，凭空捏造出角色和情节，轮流写故事章节，来回传递纸张。笔迹是我们唯一的区别，也只有通过笔迹才能判定哪部分是谁写的。我总是喜欢雨天胜过晴天，因为只要下雨，课间休息就能待在室内，坐在走廊上，聚精会神地编故事。但就算是好天气，我也会找个地方坐着，树下或是沙坑边的岩架上，继续和这个朋友一起编故事，有时还有其他一两个朋友加入。这些故事都是我当时阅读的书籍的浅显重复：生活在北美大草原上的家庭，被送去寄宿学校或由严厉女家庭教师教育的孤女，具有超能力的孩子，或能穿过衣橱进入交替世界的孩子。我的阅读就是我的镜子，我的素材，我看不到自己的其他面。

我对写作的热爱让我很早就开始偷窃。在我这，"博物馆里的钻石"是教师供应柜中的空白笔记本，是我密谋一番、违反规定搞到的。它们在柜子里码放整齐，用来分发给我们写句子或练习数学。这些本子很薄，订书机装订，毫无特色，要么是浅蓝色，要么是棕黄色。页面有横线，尺寸不太小也不太大。我想拿它们来写故事，于是鼓起勇气找老师要了一两本。然后，得知储藏柜有时候并不上锁，也不是总有人监控，我就开始擅自暗度陈仓了。

五年级时，我凭借一个故事得了小奖，故事叫作《一只秤的冒险》，在这个故事里，同名叙述者描述了前来造访它的各

交易故事 | 231

色人物与其他生物。最终,整个世界实在太沉了,秤坏了,被丢弃在垃圾堆中。我还给这个故事画了插图——当时我写的所有故事都有插图——并用少许橙色的纱线"装订"了它们。这本书在学校图书馆短暂展出,配有真正的借阅卡片和口袋。没人借走它,但那并不重要。有卡片和口袋的认可就足够了。这个奖还附带了一张当地书店的礼品券。尽管很想拥有属于自己的书,可我却犹豫不决。我似乎在店里的书架间游荡了好几个小时,最终选择了一本从未听说过的书,卡尔·桑德堡的《鲁特博格故事集》。我很想喜欢上那些故事,但它们的老式风趣令我费解。然而,我留下了这本书,或许是当成了护身符,象征着我得到的第一次认可。就像爱丽丝在地下世界发现的蛋糕和瓶子上的标签,这个奖项的实质礼物是它以祈使句对我说了话,这是第一次,我脑海中有个声音说:"做这个。"

可是,随着我进入青春期,逐渐长大,写作能力似乎与我的年岁增加成反比。编织故事的冲动虽然仍在,但自我怀疑开始削弱这种冲动,因此在童年的后半段,我逐渐被剥夺了写作这唯一的安慰,曾经出于本能的活动变得一触即痛。我说服自己,作家是其他人,不是我,所以我在七岁时喜欢的东西,在十七岁时成为了最让我胆怯的自我表达方式。我更喜欢练习音乐和戏剧表演，学习音乐作品的音符或背诵剧本中的台词。我继续与文字打交道，但将精力投入到了短文和媒体文章中，希望成为一名记者。大学里，我学习文学，决心成为一名英语教授。二十一岁时，我内心的作家就像房间里的一只苍蝇——活着，但无足轻重，漫无目的，一旦注意到它，就会令我心绪不宁，但在大多数情况下，它都让我自己待着。目前我所处的阶段，无需担心来自他人的拒绝。我的不安全感是系统性的，先发制人，以确保在任何人有机会拒绝我之前，我已经先拒绝了自己。

人生中有大半时间，我都想成为其他人，这是我的核心困境，我坚信是我创作停滞的原因。我总是达不到人们的期待：移民的父母、印度亲戚、美国的同龄人，最重要的是我的自我期许。我内心的作家想要编辑我自己。如果能多一点这个、少一点那个就好了，具体要视情况而定，如此一来跟随我的星号标记就会被移除。我的成长环境是两个半球的混合体，异端且复杂，我想要它变得传统且规范。我想要变得不具名，变得普普通通，想看起来和其他人一样，像其他人一样行事。明明源于不同的过去，却想预见不一样的未来。这就是表演的诱惑——抹掉自己的身份，扮演另一个人，令我舒适。我都不想

交易故事 | 233

成为我自己，又怎么可能想成为一个作家来表达内心想法呢？

　　成为笃定之人并非我的天性。我习惯于寻求他人的指导、影响，有时甚至是寻求生活中最基本的提示。然而，写故事是一个人所能做的最为笃定之事。虚构是任意为之，是进行重构、重排、重组现实的蓄意努力，创造出堪比真实生活的东西。即使是最不情愿、最拙劣的作家，也必须显露出这种意愿来。成为一个作家意味着跨越从听到说的鸿沟："听我说。"

　　这正是我摇摆不定之处。我更喜欢倾听而不是发言，更愿意去看而不是被看到。我害怕倾听自己，害怕审视自己的生活。

　　家人认定我会获得博士学位。但是大学毕业后，我头一回不再是学生，我所熟悉并算得上依赖的体系与制度消失了。我搬去了波士顿，一个我只是隐约知道的城市，住在一个与我非亲非故的人家里，他们对我唯一的兴趣就是房租。我在一家书店找到了工作，打开货物，操作收银机。我同在这里工作的一个年轻女性结下了深厚友谊，她的父亲是一位名叫比尔·科贝特的诗人。我开始造访科贝特一家，那里满是书籍和艺术品——有谢默斯·希尼装裱起来的一首诗、菲利普·古斯顿的画作、埃兹拉·庞德的墓碑拓片。我看到了比尔写作的桌子，被手稿、信件和校样所湮没，就放在客厅中央。我看到在这张桌上进行的工作不受制于任何人，与任何机构都无关，这张桌子就是一座孤岛，比尔独自工作。我在那个房子里度过了一整个夏天，阅读《巴黎评论》旧刊，在顶楼一间明亮的房间里，用打字机敲打梗概与片段。

我开始想要成为作家。起初是隐秘地，和一个人交换作品，我们预先定好的会面迫使我坐下来，写点什么。我在周末和夜晚偷偷溜进我当研究助理的办公室，在电脑上敲打故事，当时我还没有自己的电脑。我买了一本《作家市场》，把故事投给一些小杂志，再被退回来。第二年我进入研究生院，不是作为作家，而是作为英语文学的学生。但在我宣称的学术目标之下，如今却起了一丝涟漪。每天赶火车的路上，我都会经过一家书店，门口陈列着许多书刊，我总是停下来看看。其中有莱斯利·爱泼斯坦的作品，我尚未读过他的作品，但知道他的名字，他是波士顿大学写作项目的负责人。有一天我突发奇想，走进了创意写作系，想获得旁听课程的许可。

这对我来说是大胆之举。在二十年后，这一举动相当于当

交易故事 | 235

年从老师的柜子里偷练习本，是跨过了一条线。这门课只对写作专业的学生开放，所以我并没有奢望爱泼斯坦会破例。但他破例了，于是我鼓起勇气，申请次年创意写作项目的正式学位。当我告诉父母我被录取并获得奖学金时，他们既没有鼓励也没有反对。就像我在美国生活的诸多方面，创意写作在他们眼中或许也是肤浅可笑的，不过念及可以由此获得一个学位，算是合情合理的学习过程。然而，一个学位就是一个学位，所以面对我的决定，他们的反应就是保持中立。尽管我纠正了妈妈，一开始她称之为"批判性写作项目"。

至于我的父亲，我猜他希望这事儿能和博士学位相关。

妈妈偶尔写写诗。都是孟加拉语的诗歌，时不时发表在新英格兰或加尔各答的文学杂志上。她似乎为自己的努力而自豪，但她并不自称为诗人。另一方面，她的父亲和她最小的弟弟都是视觉艺术家。正是通过那充满创意的事业，他们才被世人所知，才会被讲给我听。母亲谈起他们时毕恭毕敬。她告诉了我外祖父在加尔各答的政府艺术学院参加期末考试那一天的事，那天他碰巧发高烧。他得画肖像画，但只能完成一部分，即模特的嘴和下巴，但是画得精妙绝伦，竟然以优等成绩毕业了。外公的水彩画被带回印度，装裱起来，向游客展示，直到今天我仍将他的一枚奖章保存在珠宝盒里，自幼便视之为幸运符。

在去加尔各答前，妈妈会特意去艺术用品店买叔叔要求的画笔、纸张、钢笔和颜料管。外公和叔叔都以商业艺术家的身份谋生。他们的美术作品带来的收益极少。外公去世时我才五岁，但我对叔叔有着生动的记忆。在逼仄的出租公寓里，他在角落的桌子上工作，为来到房子里认可或驳回他想法的客户准备设计图，妈妈就是在这间公寓里长大的。为了完成任务，叔叔彻夜工作。我推断外公的经济状况从来都不稳定，叔叔的职业也很不确定，成为艺术家虽然高尚且浪漫，但绝不是一件切合实际或负责任的事。

被遗弃的秤、女巫、孤儿、童年时期，这些曾是我的写作主题。作为小孩子，我写作是为了与同龄人交流。但当我在二十岁上重新开始写小说，父母是我努力想要触及的对象。一九九二年，就在开始波士顿大学的写作项目前，我和家人一起去了加尔各答。我记得夏天结束回来时，我钻进被窝，几乎立刻写出了那一年提交给工作坊的第一篇小说。小说设定在母亲成长的那栋楼里，在印度时，我大部分时间都待在那里。如今我

交易故事

才明了,我写这个故事以及随之而来的几个类似故事的冲动,都是为了向父母证明些什么:我以自己的角度,用自己的语言,以有限但精确的方式理解了他们身后的那个世界。纵然他们创造了我,养育了我,日复一日与我共同生活,但我知道,我对他们来说是个陌生人,是个美国孩子。尽管我们亲密无间,但我很怕自己是个外国人。在成长过程中,这是我所感觉到的最主要的焦虑。

我是父母的第一个孩子。在我七岁时,妈妈再度怀孕,并于一九七四年十一月生下了妹妹。几个月后,她在罗得岛最要好的朋友之一,也是个孟加拉女人,也同样发现自己怀孕了。这个女人的丈夫和我父亲一样在大学工作。基于妈妈的建议,这位朋友去看了同一位医生,并计划在我妹妹出生的医院生产。一个雨夜,父母接到医院打来的电话。女人的丈夫在电话里哭泣着告诉我父母,他们的孩子生下来就死了。没有任何原因。就这样发生了,有时就是如此。我记得之后的几周,妈妈做好饭,给那对夫妇送过去,悲伤取代了原本应当填满这个家的新生儿。如果写作是对不公的反应,或是在失去意义时追寻意义,那么这就是我的初始经验。我记得我当时想过,这件事可能会发生在我的父母而不是他们的朋友身上,而且我也记得，正因为同样的事情没有发生在我们家，那时妹妹已经满一岁了，我为此感到了羞愧。但，最主要的是，我感到这桩意外当中的不公——这对夫妇的期望遭遇了不公，落空了。

我们搬进了一栋新房了，房子是在我们的监督下建造完成的，在一个新的地段。不久之后，失去孩子的那对夫妇也在我们附近建了一所房子。他们雇用了同样的承包商，使用了同样的材料，同样的楼层平面图，因此两栋房子几乎一模一样。其他住在附近的孩子骑车或溜冰经过时，注意到了这种相似，觉得很有意思。他们问我，是不是所有印度人都住在相同的房子里。我怨恨这些孩子，怨恨他们不知道那对夫妇的不幸，同时我也有点怨恨那对夫妇，怨恨他们模仿我们的房子，怨恨这是在表明我们的生活是一样的，但根本就不一样。几年后，那栋房了出售了，那对夫妇搬去了另一个城镇，一个美国家庭改变了房屋外立面，使其不再是我们的复刻版。在罗得岛，两个孟加拉家庭之间的滑稽相似也被周遭的孩子们抛诸脑后。但我们的生活并不相似，我始终无法忘记这一点。

三十岁时，我在挖掘一个新故事的松散土壤时，掘出了那段时期，那是我能想起来的第一出悲剧，于是写了一个叫做《临时状况》的小说。它不完全是发生在那对夫妇身上的故

交易故事 | 239

事，也不是发生在我身上的事。它源于我的童年，源于正慢慢回归的一部分自我，是年轻时我最喜欢的自己，那是我成年后写的第一个故事。

父亲现年八十岁，仍在罗得岛大学工作，每周工作四十小时，他始终在他的工作中寻求安全与稳定。他的薪水从来没高过，但他支撑了一个丰衣足食的家庭。作为孩子，我并不知道终身职位的确切含义，但父亲获得它时，我感受到了这对他意味着什么。我打算像他已经做到的那样，追求一份能够为我提供同样稳定与安全的职业。但在最后一刻，我却走开了，因为我想成为一名作家。走开是必要的，但也困难重重。即便是在我获得普利策奖后，父亲仍然提醒我，写小说并不是可以指望的工作，我必须时刻准备通过其他方式谋生。我把他的话听了进去，但同时也学会了不听他的话，游荡到悬崖边，纵身一跃。因此，尽管作家的工作是看和听，但为了成为一名作家，我必须变得耳聋眼盲。

现在我明白了，父亲是那么务实，却也受到吸引，去靠近他自己的悬崖，去国离家，剥去了归属感带给他的安定。与之相对应，一生中的大部分时间，我都希望归属于某个地方，不管是我父母的祖国，还是铺开在我们眼前的美国。当我成为一名作家，书桌就成了家，不需要再有一个家。每个故事都是一片异域，在写作过程中被攻占，再被抛弃。我属于我的工作，属于我的人物，为了创造出新的人物，我得将旧人抛在身后。我的父母拒不放手，拒绝完全归属于任何一个地方，这是我在写作中，以不那么字面意义的方式，试图完成的核心，它是我的拒不放手。

见证与希望重燃

杰丝米妮·瓦德

我挚爱之人在一月去世了。他比我高一英尺,有一对美丽的黑色大眼睛,一双灵巧体贴的手。每天早上他为我准备早餐,泡一壶散装茶叶。两个孩子出生时,他都哭了,默默流泪,泪水让脸颊显得晶晶然。晨曦黯淡时,我驾车送孩子们去学校,出发前,他会将两只手都放在头顶,在车道上跳舞,逗孩子们开怀大笑。他幽默机智,能让我笑到浑身抽筋。去年秋天,他决定回到学校,认为这对他和全家来说都是最好的选择。在我们家,他的主要工作是支持我们,照顾孩子,做个家庭主夫。他经常陪我一起出差,带着孩子们坐在大讲堂的后排,在我当众演讲、见读者、握手、签名时,他目不转睛,并暗自骄傲。在圣诞电影、游览博物馆的乏味旅途上,他迎合我的嗜好,哪怕他其实更愿意在某个体育场里看足球比赛。这世上,我最喜欢的地方之一就是他的身旁,是他温暖的臂弯下,

见证与希望重燃 | 245

手臂的颜色如深邃漆黑的河水。

一月初,我们病了,以为是流感。五天后,我们去了一家本地急诊中心,医生给我们做了拭子检测并听诊了胸部。孩子和我被诊断为流感,而我挚爱之人的检测结果却不确定。回家后,我给全家人分发了药物:达菲和异丙嗪。我和孩子们立马好转,但我挚爱之人却没有。他发了高烧。他昏睡,醒来抱怨说他觉得药物不起作用,他很痛。然后他又服了药,继续睡觉。家庭医生来过后两天,我走进儿子的房间,我的挚爱之人就躺在那里:气喘吁吁,无法呼吸。我把他带去了急诊室,在那里等了一个小时后,他用了镇静剂,上了呼吸机。他的器官衰竭了:先是肾脏,然后是肝脏。他的肺部发生了严重感染,发展成脓毒症,最后,他强大的心脏再也无法支撑他的身体。他心跳骤停了八次。我目睹医生实施心肺复苏,四次将他抢救回来。走进那家医院的急诊室仅仅十五小时,他就去世了。官方原因是:急性呼吸窘迫综合征。他只有三十三岁。

没有他环绕我的肩膀支撑我,我陷入了强烈却无言的悲痛之中。

两个月后,我斜睨兴高采烈的卡迪·B的视频,她用乐声重复吟唱：冠状病毒，嘎嘎嘎地笑。冠状病毒。每当周围的人拿新冠病毒开玩笑，对大流行的威胁翻白眼时，我保持沉默。几周后，孩子们的学校封闭了。学校要学生们腾空寝室，大学教授们则争先恐后将课程转到在线上。没有漂白剂，没有厕纸，没有纸巾，到处都买不到。我从药房的货架上抢到了最后一瓶消毒喷雾，给我结账的店员一脸渴望地问我，你在哪儿找到的，一时间我以为她要和我抢，告诉我已经有政策禁止我购买了。

一日日变成了一周周，气候对于密西西比州南部而言颇为异常，这里是被水淹没的湿软地带，是我称之为"家"的地方：湿度低，气温低，万里无云，阳光穿透天空。我和孩子们中午起床，完成家庭教育课程。随着春天渐渐拉长为夏天，孩子们四处疯跑，探索房子周围的森林，摘黑莓，穿着内衣骑车，开四轮车。他们赖在我身上，用脸蹭我的肚子，歇斯底里，我想念爸爸，他们说。他们的头发乱成一团，越发浓密。我不怎么吃东西，吃的时候也只是墨西哥玉米饼、乳酪和龙舌兰酒。

挚爱之人的缺席回荡在家中的每一个房间。在丑陋的仿麂皮沙发上，他将我和孩子们揽入怀中。他在厨房里切鸡肉，做辣肉馅玉米卷。他抱住女儿，将她向上举起，越举越高，于是她就能跳到最高处然后飘浮起来，来一场漫长的蹦床马拉松。发现自制黑板涂料的网络配方出问题后，他用打磨机去刮孩子们游戏室的墙壁，到处都是绿色的灰尘。

疫情期间，我无法让自己离开家，我怕我会发现自己站在重症监护室的门口，看着医生将全部体重都压在我的妈妈、姐妹和孩子的胸口，害怕他们的双脚猛然抽搐，抽搐伴随着每一次复苏心脏的按压，苍白柔软的鞋底猛地一蹬。害怕那种毫无意识的疯狂祈祷充斥脑海，人们在门口为生命祈祷，是我再也不想念出口的祈祷，当呼吸机发出的"嘘——咔嗒，嘘——咔嗒"的声音淹没它时，它便消失在半空中。我害怕内心深处的可怕承诺——如果我的挚爱之人必须承受这一切，那么我至少可以站在那里，我至少可以目睹这一切，我至少可以一遍又一遍地告诉他们，大声地说：我爱你们，我们爱你们，我们哪儿也不去。

随着疫情到来与持续，我设置了多个早起的闹钟，若是前夜真的睡着了，翌日早晨我醒过来，便继续推进正在写的小说。这本小说写的是个女人，与我相比，她更为熟悉悲伤，她是个女奴，她的母亲被拐卖到了新奥尔良南部，她的情人被拐卖到了南方，而她本人也被卖到南方，陷入十九世纪中叶的奴隶制地狱中。我的失去是一层疼痛的外皮。在写这位与灵魂对话并奋力涉过河流的女性时，我犹犹豫豫地与之斗争。

我的投入震惊了我自己。即便疫情肆虐，即便深陷悲伤，我发现自己被勒令去放大死者对我的吟唱，在时间之海上，这歌声从他们的船上飘到我的船上。大多数日子里，我只写一句话。有些日子，我能写一千个单词。许多天里，我和这个小说都显得毫无价值。所有这一切都是缘木求鱼。我的悲伤如低气压一般弥漫，一如我弟弟在十九岁去世后，我从这项工作、这孤独的旅途中看不到丝毫意义、丝毫目标。我，一双盲目，漫步荒野，仰起头，张大嘴巴，开口唱歌，冲着繁星密布的夜空高歌。就像古时所有会说话、会歌唱的女人一样，是荒野中被中伤的人物。几乎无人在夜里倾听。

回应给我的是：星星之间的空洞。暗物质。寒冷。

你看到了吗？表妹问我。
没有。我看不下去。我说。她的话开始闪烁，开始淡入淡

见证与希望重燃 | 249

出。悲伤有时让我难以听见。声音断断续续地传来。

他的膝盖,她说。

在他脖子上,她说。

无法呼吸,她说。

他呼唤妈妈,她说。

我读到了艾哈迈德①的事,我说。我读到了布伦娜②的事。

我没有说出来,但我想到了:我了解他们爱人的哀嚎。我了解他们爱人的哀嚎。我了解他们的爱人在疫情肆虐的房间里,与他们突如其来的魂魄擦肩而过。我了解他们的离世如酸一般灼烧他们爱人的喉咙。他们的家人有话要说,我想。要求公正。但没有人会给予回应,我想。我了解这个故事:特雷冯③,塔米尔④,桑德拉⑤。

---

① 2020年2月23日,佐治亚州非洲裔男子艾哈迈德在跑步时遭三名白人男子枪杀。在嫌疑人身份明确的情况下,直到2020年5月5日,案发现场视频公开后,三名嫌犯才被逮捕起诉。
② 2020年3月13日,美国非洲裔女子布伦娜·泰勒遭警方开枪射击,身中数枪后身亡。
③ 2012年2月26日,美国迈阿密地区的一名高二学生特雷冯·马丁,在美国佛罗里达州被协警乔治·齐默曼枪杀。
④ 2014年,12岁的黑人男孩塔米尔在克利夫兰的游乐场手持仿真枪,被白人警察开枪击中,不治身亡。
⑤ 2015年7月,因开车时未打灯变道,美国28岁非洲裔女子桑德拉·布兰德在得克萨斯州开车时被白人交警拦下。双方发生争执后,布兰德被捕入狱,3天后,她被发现死在狱中。

表妹，我说，我觉得你之前跟我讲过这个故事。

我想我写过它。

我吞下了酸苦。

和表妹对话后的几天里，我醒来，看到人们走上街头。我醒来，看到明尼阿波利斯在燃烧。我醒来，看到在美国中西部进行的抗议，黑人群众封锁了公路。我醒来，看到新西兰的人们跳起哈卡舞。我醒来，看到穿连帽衫的青少年，看到约翰·波耶加①在伦敦举起拳头，哪怕他担心事业毁于一旦，可他还是举起了拳头。我醒来，看到巴黎成群结队的人，摩肩接踵的人，从一条人行道走到另一条，如河流般流过林荫大道。我了解密西西比河。我了解它沿岸的种植园，也了解旋涡中浮浮沉沉的奴隶及棉花运动。人们游行，我从来都不知道，竟然能有如此庞大的人流，当抗议者反复高呼，步履沉重，当他们做鬼脸、咆哮呻吟时，我热泪盈眶。泪水使我的面庞晶晶然。

我坐在闷热的疫情卧室里，觉得自己可能永远都无法停止哭泣。这场革命不单只有美国黑人身在其中，其他遍及全球的人们也都坚信"黑人的命也是命"，这打破了我内心的一些东

---

① John Boyega (1992—)，英国演员，代表作《星球大战》系列。

西,是一生坚定不移的信仰。这信仰如另一颗心脏般跳动——怦怦地跳——从我初次呼吸起就跳动在我胸口,妈妈饱受压力摧残,才二十四周就生下了我这个体重不达标的两磅婴儿。从医生告诉我的黑人妈妈,她的黑人孩子会死去,这颗心脏就开始了跳动。怦怦地跳。

我在资金匮乏的公立学校教室里度过了少女时代,政府提供的奶酪块、奶粉和脆玉米片引发龋齿,不断吞噬我的牙齿,正是这段时期,这信仰注入了新鲜血液。怦怦地跳。当我听说一群白人税务员开枪杀死了我的曾曾祖父,任由他如动物般在树林里流血至死,从我知道无人因他的死被追究责任开始,这信仰又注入了新鲜血液。怦怦地跳。当我得知撞死我弟弟的那个醉驾白人司机不会因他的死受到指控,只会因为逃离车祸现场、逃离犯罪现场而受到指控时,这信仰也注入了新鲜血液。怦怦地跳。

这是美国数个世纪以来不断注入新鲜血液的信仰,认定黑人的生命价值有如耕马或花驴。我深知这一点,我的家人深知这一点。我的族人深知这一点,我们与之斗争,但我们自认是孤军奋战,战斗到不能再战为止,直到我们在这世上倒地不起,骨骸腐朽,墓碑荒草蔓延,但我们的子子孙孙仍旧在这个世界里战斗，仍旧猛烈反抗索套、武装、饥饿、歧视、强暴、奴役、谋杀和窒息，呼喊着：我无法呼吸。他们会说：我无法呼吸。我无法呼吸。

每次看到世界各地的抗议活动，我都会惊奇地哭泣，因为我认出了那些人。我认出了他们拉上连帽衫的方式、挥起拳头的方式、走路的方式、高呼的方式。我认出了他们要用行动表达意思——见证。即便如今，每一天，他们都在见证。

他们见证了不公正。

他们见证了这个美国，这个国家操控了我们四百年之久。

见证了我的家乡密西西比直到二〇一三年才正式批准了第十三条修正案。

见证了密西西比州直到二〇二〇年才从州旗中移除了邦联战徽。

见证了黑人、土著，还有太多太多贫困的棕色人种，他们躺在冰冷的医院病床上，用布满新冠病毒的肺呼喘出最后一口气，因无法确诊的潜在疾病日渐干瘪。这些疾病由多年的食品短缺、压力和贫穷触发，一生都在抢夺糖果，我们因此才能吃上一口美味，让舌尖品味些许的糖，哦主啊，因为我们人生的味道往往是那么苦涩。

他们也见证了我们的斗争，见证我们的双脚猝然迈步，看到我们的心脏在艺术、音乐、工作和欢愉中再次骤然跳动。他人见证我们的战斗并挺身而出，这多么发人深省。他们在疫情期间走出去，游行示威。

我哭泣，街上人潮涌动。

当我的挚爱之人去世时，一位医生告诉我：最后消失的感觉是听觉。当一个人快要死去时，他们失去视觉、嗅觉、味觉和触觉。他们甚至会忘记自己是谁。但最终，他们能听见你。

我听见你。

我听见你。

你说：

我爱你。

我们爱你。

我们哪里也不去。

我听见你说：

我们就在这里。

圣骨匣：四重奏

莉迪亚·尤克纳维奇

1. 鸟巢

一个小小的蜂鸟巢坐落在我那血红色的写字台上。这鸟巢是一份礼物,我珍爱极了,但每次看着它,我都会问自己,蜂鸟们发生了什么?它们已经不需要这个小家了吗?它们被迫离开了吗?巢是在蜂鸟离开后掉了下来的吗,还是鸟巢被入侵了?是有其他生物杀死并吃掉了它们吗?是群鸟迁徙或成长变化造成了这种缺席?死亡还是生存?

这是个始终困扰我的问题,哪怕这个礼物般的鸟巢对我来说氛围感满满。我是孤品爱好者,尤其钟情有机物:骨头、头发、巢穴、动物头骨、羽毛、石头、贝壳、花瓣。它曾承载过生命,有关这生命的一切,微弱的心脏跳动,小小的翅膀翩跶，这一切的徘徊踌躇，如今都已无从追寻，只剩下四处散落的几片细小绒羽，编入这个杯状物，一起交织进去的还有植物绒毛、树皮、地衣、叶片和蛛丝。空巢要么是一件自然界精致而美丽的工艺品，要么就是一个污点，一种暴力。

空洞。

蜂鸟选择有遮蔽的地点来筑巢。浓密或多棘的灌木丛。树枝的分叉处。最吸引我的包括稳稳当当安在电线或圣诞灯上的巢。门廊灯或安全摄像头上面。篮球网内、风铃的顶端、天花板花洒喷头、仙人掌的顶部。多令人敬畏的想象力啊，选择如此不同寻常的避难所。巢由雌鸟单独建造。她选择筑巢地点，收集材料，抚养幼鸟。她每天要花数个小时，一连七天发疯般地收集材料。

然后她做了件非同寻常之事。

她停下了。

2. 远途

二〇一九年秋天,我有幸成为纽约州北部农村一所大学的驻校作家。这份工作需要驻校九个月,我要开设创意写作研讨课,每周两天。

余下的时间全都属于我。

在我的生活中,这句话从来没有出现过。

孤单的礼物。长达九个月。

当我说孤单,我的意思是,那一年丈夫留在了俄勒冈州的家中,帮助儿子完成从高中到大学的过渡。要是那一年我也留在家,那我也必须面对儿子离家去上大学。就是个正常的过渡阶段,对吧?

当我说,我觉得这件事可能会杀死我,我并没有撒谎。儿子离家去上大学让我担忧且难过,谁愿意听我倾诉,我就跟谁聊。真的，四处问问，或许会有读到这篇文章的人还记得，我念叨儿子即将离开念叨了多少年。我会为此流泪。许多男男女女都对我表示同情，他们会将手搭在我的肩膀上，问："你儿子什么时候去上大学？"我只得承认："还有五年。"或者四年。或者三年。或者两年。然后是一年。他们会满怀关切地看着我，或面露遗憾。谁会那样呢，在事情还没发生前就先哀悼失去？

我能告诉你谁会这样。儿子还没离开，我就为此而悲伤了，因为在我的胸腔，原本属于心脏的位置灌满了失去之痛。我的身体是生死攸关的空间。多年前，我的女儿在出生的那一天就去世了。我不去承受儿子离开的那个时刻，而是搬到了两千英里之外的美丽作家屋，由声誉卓著的私立学院提供给我。

我知道这个机会给了我多少特权，哪怕在此之前，我一生中还从未有过这样的经历。在这份临时工作之前，我的固定职业是在社区大学教书，已经十八年了，在劳改机构教书，随后又为那些无法上大学的人创办了一个写作空间。所以我是明白的。我知道自己有多幸运。呜呼，你得到了一份访问作家的工作，而你的儿子似乎毫不费力就升入大学。

上升。

也许是因为在成长过程中，我一度是个天主教徒，又或者是因为长大成人后，我一直都在努力帮助那些被推到边缘的人展翅翱翔，因此我的第一感觉是无法抑制的罪恶感：一种黏糊、浓稠又腐败的罪恶感，如滞留在某种母女问题伤口上的陈旧血液一样渗出。

这内疚令我困惑。我该拒绝这份工作吗？金钱与时间，这两样东西我只知道该如何去抛弃。抛弃和忙碌难道不比机会更重要吗？如果我接受这个机会，不就成了又一个白人女傻瓜了吗？随后我意识到，我的内在自我只是在跳某种狡猾的舞蹈……去他妈的，我心想，这种内疚毫无用处，不过是特权的另一种诡计。不要再和自己进行虚张声势的疯狂战斗了，就这样吧。机不可失，时不再来。就算你对放弃和挣扎的爱远远超过对自身可能性的爱，那你也不会因此而更加正义。

接下来我感觉到的是不配。我知道好几百个作家都比我更有才华,这样说一点不假,他们的作品激励我起床,鼓励我坚持不懈,支撑我度过人生低潮期的每一天。其中一些人很有名气。有些则籍籍无名。有些作品尚待出版。但这些都不重要。重要的是,无论这世界怎么看,他们的文字都在纸上活了过来。他们的心灵与艺术。因此我思忖:别他妈自以为是了。壮阔的小说写作河流通往比我们所有人汇聚一处都更无垠的海洋,置身其中,就是致敬你所喜爱的每一个作家。步入其中吧,女人。为后来者保留空间。当你进入特权之门,就做你一直在做的事吧:立足其中,搅动,看看你将如何刺激年轻人去打破陈规旧习。

我就是这样拥抱了孤单。

在不属于我的房子里度过的第一个晚上,我脱下衣服,关掉所有灯,泡了人生中最热的一次澡,浴室的窗户恍如眼睛,直勾勾盯着月亮。

在孤单之中,一只悲伤的鸟儿释放了自己。

3. 保持

永远不要让任何人告诉你，你的悲伤是空虚的。

悲伤之中有一种孤单，它是属于你的，这种孤单既不堪忍受，又美丽动人。永远不要让任何人告诉你，你的悲伤应该持续多长时间，或是你该如何处理它。

我已经在悲伤中过了整整几十年。

我已经在一种孤单中过了整整几十年，无论是否有人在身边。

有时候，孤单中会有一个故事浮现。

在这个故事里，有一个悲伤的小雌鸟，我想她可能是红色脑袋，戴一张黑色面具，身体灰白相间。

在这个孤单的故事中，有个女人以一只翅膀作为手臂。这只翅膀是灰色的，缺少一些重要的羽毛。这只翅膀沉重而老旧。因为这只翅膀，女人只能用一只手臂和一只手来写作。

当我说我的悲伤升了起来，我的意思是它长出了翅膀，飞走了，就像一只小而凶猛的蜂鸟离开了巢穴。

故事的开始已经在这些页面上发生了。它从你面前倏忽飞过。你看到了吗?

夜晚。

水。

月亮。

窗户。

鸟。

身体。

写作。

在房子里独自度过的第一个晚上,我关掉了所有的灯,泡了个很热的澡。我们家的浴缸很烂,水也一直不怎么热,就像我曾住过的每一间房子或公寓一样。我们住在一栋颇有年头的波希米亚工匠风房子里,房子位于不那么像波特兰的糟糕地段……总是有些东西坏掉,生锈,或还能运转,但就是不太正常。我在打扫房间方面很差劲,但房子里挤满了爱与艺术,所以谁又会在乎呢?

还有羽毛。我收集单根羽毛。

无论如何,这取之不竭的热水和运转正常的浴缸对我来说是个史诗般的时刻。而且这间浴室比我住过的一些公寓还要大。第一夜,当我孤身一人在房中,于黑暗中独坐浴缸时,一种非同寻常的感觉涌上心头,充满整个身躯。是某种我还没准备好应对的感觉。闭上眼睛。热水包裹身体。浴缸像一只完美的珀克林杯子环绕住我。只有在深沉、黝黑、完美的孤独中，才能得到黑暗与无人带来的舒适与安逸。我就是这样忽然想到的。

我的快乐。

这个女人，她的孩子们都离去了，一个死了，一个长大成人。这个女人，热血已经永远回到了她身上。就是这样一个女人的快乐。

我把手放在淹入水中的另一张嘴上。我分开两片嘴唇。用一根手指、两根手指，我进入了自己，进入了我的洞穴，我那生死如影随形的空间。我用那笨重的翅膀手，敲打着我的阴蒂。水掀起波澜。我的身体化为波浪。我闭着眼睛，但我意识到了我在臀部和阴道中掀起的热浪，这热浪名为"我"。

在我的自我到来的那一刻，我听到夜晚的窗外传来鸟鸣，我不知道是什么鸟，但它有红色的脑袋、黑色的面具、灰白相间的胸口，月亮在那儿，她将鸟儿一口吞下。

4. 写作

在纽约州北部孑然一身度过九个月后,我回到了波特兰的家。儿子也因为新冠从学校回到了波特兰。分别因此柔化成一种嗡鸣。他回到家我特别高兴,我不会耻于承认这一点,虽然我试图表现出对此无所谓,并尽量不在每一纳秒都贴着他盘桓,不让我的心贴着他的心重重鼓动,留下伤痕或污点。

我努力按兵不动。

丈夫说,我们离开所带来的最大困难在于房子的空洞,以及他觉得自己的心离开了身体。

有一天,和儿子一起散步时,我们就在家附近转悠,我用余光扫到一团极为模糊的东西。我敢打赌,眼下我们对家附近的了解远超以往,之前我们压根不熟悉。

是一只白色的蜂鸟。是轻度白化,并非白化病,因为它的眼睛、脚和喙都是黑色的。我采取了一种非常普遍的属于父母的动作,伸出手臂挡在迈尔斯胸口,让他停下,尽管他已经超过六英尺高了。我指向那只鸟。我能听到我们的呼吸喷在新冠口罩上,一秒,两秒,三秒——而后蜂鸟便飞走了。我们走回家,不明白这意味着什么,如果真有什么含义的话。

每年蜂鸟都要迁徙两次。一次向北,一次向南。迁徙可以跨越数十万英里。一些蜂鸟能够连续飞行五百英里。蜂鸟可以在任一直线上飞行。研究表明,蜂鸟能够在一天内飞行二十五英里之多。

它们每秒钟拍打翅膀高达八十次,因此制造出温柔的嗡鸣声。

我认为桌上的鸟巢带有母亲的劳动痕迹。

我认为巢的空荡承载了她的生命之丰盈,述说了她必须不断前行才能蜕变,她的性感如何回归,她可以用自己的双手将它带回生命之中。

我认为鸟巢的空荡就像我身为人母的直觉，那空间曾承载了悲伤、死亡、生命与喜悦，如今则充满了丰满而蓬勃的故事。

丑陋的角落

蒂娜·纳耶里

小时候，我是水乡的一部分，它由河流、小溪与渡槽构成，是个郁郁葱葱的避难所。在那里，每顿饭都能看到二十个成年人围坐在一张波斯桌布边，连续好几个小时说故事，享受美食，欢声笑语。我的父母是附近伊斯法罕的医生。不去造访爸爸的乡村家庭时，我们就住在一个现代的城市房屋里，这个房子既古怪又充满想象力，就像我们一样。一棵树穿透了我们的客厅。我们有很多小地毯，是奶奶在真正的乃恩编织机上织出来的。墙上挂着我们认识的艺术家的蚀刻画。我们的家自有一种精神、一段历史。但总有一个房间用以隐藏我们尴尬和丑陋的东西。每个人都有那样一间屋，对吧？未完工的房间里保存着歪七扭八的手工品和超级省钱优惠券，藏着醉鬼叔叔，或是隐藏着一些证据，证明你对神权政治的背叛正处在萌芽中，神权政治劫持了你的国家。它是黑暗的角落，是羞耻之处，或

丑陋的角落

匮乏之处,给了一个家以秘密。

然后我们成了难民,家连同它所有的欢乐与耻辱一起消失了。

十六个月后,先是作为非法移民,再是难民营里的寻求庇护者,我们到达了俄克拉何马州。多年来,我们搬进了一间又一间公寓,一间比一间小,公寓楼都是为失去了方向之人、吸毒者和未成年母亲提供住所。我学会在没有朋友的情况下生活。在需要的时候,你无法拥有朋友,你只能成为他人慈善的接受者,是他们怜悯的对象。所以,要做的就是辛勤工作、学习、锻炼、取得成就,这样你就可以逃离那里,找回些许平等地位。而后,只有那样,你才能期待有个朋友。

高中时,我不去参加派对。吃午饭时,我就坐在一群女孩外围。放学后,我不同任何人煲电话粥。但后来我进入了普林斯顿大学,又成了社会人。我不是唯一接受助学金的孩子,而且我能靠两份校园工作和几件来自安·泰勒[①]的衣物掩盖这一点。整个二十岁,我都为友谊和爱情而心旌荡漾。我结了婚。我的创造力开始蓬勃发展。我已经矫正了这一切,我告诉自己。我摆脱了污垢与匮乏,不再拼命证明,虽然有口音,但我

---

① Ann Taylor,知名女装品牌,1954 年创建于美国,是美国最大的女装品牌之一。

很聪明，我是医生的孩子。不会再有人发现我遮掩短裙上的破洞或擦掉用过的练习本。

到了二〇一〇年，我和丈夫一起住在俯瞰阿姆斯特尔河的公寓里，他曾经是我在大学里最要好的朋友，是我在美国的同胞。目前他从事金融工作。他穿定制西装，头发蓬松微卷，人们称他为"欧陆人"——我猜，在阿姆斯特丹，这正是你想要的吧？我渴望成为作家，游荡在有趣的人群中，不再定居。我想要脏兮兮的旧牛仔裤，足够剪头发以及每天买一杯卡布奇诺的现金，其他一切都可有可无。但菲利普一直在谈论"让我过上好日子"。他不断扔掉我的旧物，要求我买他妈妈可能会穿的昂贵衣物。

过去的几年里，我们吵过架。"我们是在普林斯顿相遇的，"我会说，"你没有从喀布尔市中心拯救我。我有自己的抱负，但衣服可不算。"如今我们多数时候都无言以对。我们各忙各的，努力表现得更友善些。我们各自心中都根植有对方沮丧的一面，这让我们用力过猛，去取悦彼此。他想象我睡在大桥下，没有他就活不下去。而我想象他瑟缩在浴缸里，形影相吊，没有朋友。

尽管我很怕将自己与某一座城市绑定，但菲利普决定是时候买房子了。购房几天后，他聘请了他老板的设计师，让我"协助桑德尔"。我协助了，尽管那压根就不是我的家。它出自著名设计师之手，了无生气，非常适合辗转酒店度过二十多岁的三十多岁夫妻。房子有十七扇窗，我还记得这个数字，因为我总是要把面料的宽度和价格乘以十七，而不是写我的书。

然而，没过多久，我开始期待桑德尔的到来。他是个金发、快乐、张扬的男同，从某种程度上来说，这似乎就是他个人品牌的一部分，阿姆斯特丹的金融圈兄弟们认为这就是他的创造力源泉，对此他表示理解。他很暖心，背着皮书包，牙齿黄得不可思议，这都让我信任他（他是如此轻松地接受了这个缺点）。此外，他也不随便评头论足，他在那里是为了修补他发现的缺陷。我们一起买沙发，参观古董店，吃烤牛肉三明治。将普普通通的东西变成艺术，我们同样激动不已，而且，既然不是我的钱，桑德尔看出他可以和我分享一些物品的卑微来历。他会给我发存储卡里的废弃物照片，说些像是"我要用这些指偶给你的走廊镶边"或是"如果我们把这件旧婴儿和服变成画呢？"之类的话。我把第一本小说的事跟他讲，告诉他我有多害怕。他说："这是你的最佳时刻。此时此刻，它可能成为图书史上最成功的一本书!"私下里,我觉得他的装修成果过于一尘不染。整间公寓没有秘密之所,没有丑陋的角落,每个房间都微光闪烁。然而桑德尔和菲利普则认为这是个特点,我便无视了自己的直觉。而后,一夜之间,最后一道百叶窗挂上,桑德尔离开了,我一度认为我们是朋友,对此我尴尬极了。

我参加了菲利普的工作聚会,在场的妻子们谈论手袋与假期,并建议我升级手表。我加入了美国妇女俱乐部,在那里,女人们打麻将,讨论园艺解决方案,打发漫长的下午。我参加了一个读书会,我们读甜腻的畅销书,复述故事情节。我大量饮酒,好让自己闭嘴,然后在方形马桶里呕吐。

每天早晨,我独自一人在大床上醒来,仰头看着婴儿和服。我站在瀑布下,检视自己的身体。已经有几个月没人见过我的裸体了。一天早上,我发现了一盒过期的避孕药。我吃过这些药吗?肯定吃过。我生活在一片迷雾中。

我在咖啡馆写作度日。到了晚上,我会买一样特别的东西:芒果或晚餐后的奇巧。菲利普有时在家吃饭,有时不在。我暂时忘记了自己的雄心壮志,任由自我被他的生活吞噬。

周末，我会在运河边散步，旁观一群群的人吃吃喝喝，希望当中能有人把我拉进他们的圈子。我想：如果我找到了第一根线头，就可以一直拉扯它，直到瓦解整座城市。

与此同时，当年九月，我默默申请了数千英里之外的艾奥瓦作家工坊。

一天晚上，一边看电视一边切芒果时，我想也许我需要参加一些活动，就像大学时让我忙得四脚朝天的那种活动。我开始搜索一些词语组合：书籍，美国人，朋友，社交，研究，学术。反复出现的是富布赖特计划。每年都有二十名左右来自美国的富布赖特奖学金获得者，他们个个都很书呆子气，年轻，孑然一身。我写信给项目负责人，提供了一份非常刻意、夸夸其谈到毫无必要的自我介绍，说我怀念有导师的日子，也许我能帮到这些学生。不知怎么的，他们就做了决定，我能去参加富布赖特的迎新会，并邀请他们每两周来我家聚餐一次。

那个周末，我兴高采烈地采购了适合二十人餐的炊具。我买了一口餐厅大小的炖锅，买了碗，买了大勺子和啤酒杯。我想象着寒冷夜晚的一口热汤。我看着和桑德尔一起挑选的冷白色沙发，想象它们环抱着十五个人一起看电影、喝啤酒，会有多舒适。

去参加迎新会的早晨，我穿了短裙和衬衫，吹干头发，胡乱涂上唇彩，然后又擦掉。在简短唐突的荷兰语介绍后，负责人邀请我上台。大家相互看了一眼。我清了清喉咙，开始介绍我的资历。在谈及重点之前，我不确定我说了多少："基本上，我住在一个空荡荡的人公寓里……也许你们会偶尔想来吃个饭？我有一口……超人的炖锅。"我觉得自己蠢透了。但是有人点头，两三张友善的笑脸，一张英俊的面孔，一张兴奋的脸，一个来自中东的女人，还有至少两个男人看起来像是南方人，是和我长大的俄克拉何马州很相似的地方。每个人看上去都对免费食物满怀期待。

第一晚，我做了三道伊朗菜。我需要用人炖锅煮全部的三道菜，所以我从早上就开工了，用草药煮羊肉，刷锅，用茄子烧牛肉，然后再刷锅，而后做素食扁豆羹。还做了黄油辣肉饭。我洗了澡，梳了头发。所有富布赖特奖学金获得者都来了，菲利普也来了。起初，他们对我及我邀请他们的原因感到好奇。但接下来，他们喝了一杯啤酒，两杯啤酒，只是个普普通通的聚会，真不明白我为什么要花那么多时间去担心。我同那个中东女人米利安聊了起来。她问起我的家乡，我告诉她我们如何逃离伊朗，在难民营生活，努力进入普林斯顿大学，以及如何结识菲利普。她面带微笑。

我为何那么害怕人们进入这个理想家，害怕他们看到这熠熠生辉的生活呢？我不再是难民。我不再斤斤计较。这是我曾为之奋斗的生活。这就是我低声自语"当立场平等，当无人施恩，当毫无可怜之处，我就能交到朋友"时所指的"当"。我还多少有些潦倒吗？悬挂起所有窗帘时，是否仍有我忽略的污秽角落？

两周后，我又做了一顿大餐。富布赖特生们带着酒回来，一直玩到凌晨。当我确认每个人的饮料时，注意到有两个人在调情。我感到自己充满力量，好像是我创造了他们之间的火花，让这个充满爱意的时刻成为可能。

菲利普提前回房睡觉。当最后一班有轨电车来了又去，我抓了五套菲利普的布克兄弟睡衣，给滞留在沙发及客厅地板上的人铺了床。在我准备睡觉时，他们的存在温暖了我。我们清冷的家满载人们的呼吸与美梦。第二天一早，手机振动将我吵醒，只有我一个人。"为什么我们的客厅全是穿着我睡衣的陌生人！"菲利普说。

"他们不是陌生人,"我说,"你见过他们两次了。"

"我差点就被一个人给绊倒了。"他说,而后他平静下来了,"能不能请你把它们扔进洗衣机里,让我今晚好有睡衣穿?"他似乎很沮丧。

"我只是想……"

"我知道,"他说,"爱你。"

有一天晚上,我和安吉拉(和我同一写作小组)决定烤大麻茶杯蛋糕。她后来加入了我的一个写作小组,我想试试看这种毒品,它曾摧毁了许多伊朗人的生活。说不定它能让我开心一点,或更确定一些。我们将大麻混入融化的黄油,闻起来很刺鼻,充满土腥味儿,因此我们混入了花生酱,并用覆盆子果冻涂抹蛋糕面。

吃完第一块蛋糕一小时后,我开始恐慌。我把自己锁进浴室,小心翼翼留心每一件事。我一直觉得肯定会丑态百出:没拉裤子拉链或者没冲马桶就大摇大摆出去。但整个大麻之旅更像是一场闭嘴挑战。安吉拉一直试图让我放松下来,向她敞开心扉,讲讲我的故事。可是,她的努力却让我觉得像审讯——她到底试图发现什么?她是间谍吗?她是伊朗政府的人吗？我的护照都在哪儿？天哪，护照都在哪里啊？要是她来自美国大使馆呢，是不是来验证我仍旧是个有价值的美国人？我忽然想到，她的富布赖特项目听起来超级假，她正在研究海盗。字面意思。海盗。哦，天哪，这就像是伊斯兰共和国派了个金发碧眼的日耳曼嬉皮士，痴迷海盗，来绑架或暗杀我。他们选择这样做是为了在伊文监狱嘲笑我。这就是典型的伊朗把戏，编造一个情境，好让他们可以说："看看她，成就斐然的美国小妞，竟然以为有海盗博士学位呢！"

又或者，安吉拉更像那些真人秀节目的制作人，他们假装关心你，但全都是为了让你出丑。我以前经常看那些节目，有人觉得自己很脆弱、很甜美、很诚实或很真实，事实却是，他们只是表现得荒唐愚蠢，每当这时我就得拼命抑制住恐慌感。我抱住头，冲出了浴室。

"怎么了？"安吉拉问。"我做不到。"我说，我不断地说，"我做不到……每一个念头……我无法集中精神。"她帮助我理顺呼吸，然后让我试试单脚站立并碰鼻子。我总是朝一边摇晃。我们哈哈大笑起来。一旦你开始笑，她说，那就对了。这种药物的特点是，无论你想要怎样的感受，它都会和你一起失控。所以，在可怕的思绪降临前，你必须开始笑。

我的二十多岁经历了什么?

别去想。

我在阿姆斯特丹做什么?

不要想!

我为什么要结婚?我不是个妻子。

该死。

哦看啊,我是只火烈鸟!

在晚上的某个时刻,我跟安吉拉说了真人秀明星的事,就是那些自认为诚实又脆弱的人。"但你知道哪些人更尴尬吗?"她说,"那些认为他们隐藏了什么的人。"

那年二月,我接到一个来自艾奥瓦的电话。那是萨姆·张邀请我加入距我几千英里之遥的"作家工坊"。是时候清理干净我生活中备受忽视、荆棘丛生的耳房,用读书、写作、和有同样追求的人交谈来填满曾经一贫如洗的空间了。在工作坊,我们学到的第一件事就是要信任我们的读者。他们早已了然一切。你不能隐藏、震慑或惊吓他们。要允许故事自然展开,不要羞怯。你笔下的人物最想隐藏的东西恰是他们一直在展现的东西。因此,身为作家,你可以自由拆掉所有脚手架,让所有的秘密与不言而喻的屈辱自行显露。

不久之前，米利安给我写信，谈到了她对于我们在阿姆斯特丹度过的时光，以及通过如此奇特的方式和我成为朋友的感受。无论看到了什么秘密，她都没有去挖掘我的丑陋。然而，我们是同样来自中东的两个女人，我们分享了太多的困扰。我们都害怕讨论这些，直到多年以后。"我记得你看起来有点鲁莽，"她说，"那种因为特别不开心才会有的鲁莽……我想，我曾不止一次描述你为'我认识的最具野心的女人'，你的野心甚至让我有那么一点害怕。它似乎出于一种深深的渴望，渴望证明你的价值。"

五月份我们办了最后一次晚宴。是在街上办的，并且邀请了邻居，富布赖特生，桑德尔和我的写作小组。那是墨西哥独立日，我们做了玛格丽塔酒、油炸蜜糕和真正的墨西哥卷饼。我环顾四周，想到了所有汇聚一处、赋予这个夜晚以滋味的过往：不仅仅是伊朗、俄克拉何马、普林斯顿和阿姆斯特丹，还有我的客人生活过的所有地方，以及他们发现了自身暗室的地方。晚宴进行到一半时，我发现安吉拉正在给菲利普讲一个海盗的故事，她在海牙国际刑事法庭发现了那件案子。"当然，ICC（国际刑事法庭）！"他说，"你的论文主题把我搞蒙了。"

他们一起笑了,他又给她添满了酒。

这一章很快就将翻篇,我将独自搬到艾奥瓦,开启更加适合我的人生。也许到那时,为了让情况更简单些,我会做顿大餐,邀请所有人,并率先向他们展示我最可怕的一面。我会敞开叛教房间或优惠券储藏室或醉鬼叔叔的门,说:"这是我存放破碎之物的地方。现在你可以留下或离开。"

我当然没那么做。随着每一章徐徐展开,都有一个新的黑色角落出现,每一个都以自己惊人的方式丑态百出。十年后,我仍然会说:"下一次,我会勇敢的。"

来自独身之年中点的笔记

梅丽莎·费伯斯

在飞往伦敦的航班上,有这样一个女人。我看见了她,坐在我后方,与我相隔四排,毛线帽裹着乱蓬蓬的头发,穿着只有女同性恋和狄更斯式的孤儿才穿的那种皮靴,带着个巨大的背包,我的诱惑声呐锁定了她。就像一只昆虫,生理特性使得它的甲壳在交配季闪闪发光,或是一株豆梨树,释放出挥发性的胺类物质吸引传粉昆虫,从而让整条布鲁克林街道都弥漫着令人想起精液的氨味。我感觉自己开始发光,起了某种化学反应,只有我的目标才能看见。我并不明白一旦它被触发后,怎样的生物技术会随之出现,但我知道,只要我愿意,最终结果多半就是性,鉴于我的过往经历,很可能会有某种浪漫纠缠。

说不出为什么,在我公然宣称禁欲六个月后,竟然屈服于一个可爱的女同那再熟悉不过的塞壬之歌。我已经多次摆脱同样令人心动的机会——豪华书籍派对上的编辑、跨性别电影导演，还有几个月前切断联系的某人，与她所有的悬而未决与改日再说。可我就是这样，转了一下身体，从数学上来说，这是最容易被她看到的角度，卷起衬衫袖口，露出几英寸前臂上的文身，手垂在过道上，短短的指甲毫无修饰。

像大多数女同一样，我是通过身体信号传达性取向的行家，并且只有其他女同才能清楚接收这一线索。若有必要，我甚至可以通过肩膀的姿态来传达我的性别认同。而这一切都是过去六个月以来我大量戒断的行为模式，但我认定，眼下没有什么完全复发的风险，毕竟我们正在飞往伦敦的飞机上，我们之间只隔四排座位，不可能靠得更近了。

我飞伦敦主要是为了见一个男同朋友，我要和他一起去南安普敦旅行，我们将在那儿登上玛丽皇后二号（QM2）豪华游轮，驶往布鲁克林港。朋友之所以要乘QM2是因为他正在欧洲为新书做调研，但他患有痛苦的飞行恐惧症。我答应和他一起，因为一家主流报纸的旅游版块将承担高昂票价，来换取我的一篇随笔，写一写搭乘这艘著名奢华游轮的经历。我抓住了这个机会，启程前将在伦敦停留一周，与我的英国出版商会面，探索这座城市。

在伦敦盖特威克机场降落后，那位魅力四射的陌生人收拾好她的随身物品，伸手挠着凌乱的头发，朝我这边瞥了一眼，然后站起身来，走上过道。

令我震惊的是，过去的六个月竟然是我人生中最幸福的时光。当初决定禁欲三个月时，并不是要寻求幸福，我只是太累了，想做出更好的选择。我在十五岁时遇到了第一任女友，接下来的二十年里，我一直处在恋爱关系中。大多数时候我都是单一伴侣主义者，虽然我有诸多恋爱关系的尾声都与新恋情的开头略有重叠，构成一种连锁式的爱情。也有一些空窗期，但我从来不曾真正意义上独身一人。总有成群结队的人逢场作戏，总有一连串的约会，总有旧日恋人想插足我现在的生活，几周或几个月后，我就能找到下一个灵魂伴侣。

然而一迈入三十岁，每当思及这种恋爱模式，我便开始生出一丝不安。我只是一个恋爱脑，我告诉自己。我最快乐的时光都是与伴侣一同度过，这让我深感欣慰，但我并没有注意到，这一结论是被给与的，因为我人生中大部分时间都有伴。我从不觉得自己害怕独处，这让我无比安心。可我从来没有考虑过，一个人已然成功跨越某样东西，所以她永远也不可能感知到那样东西的存在。

然后,在三十二岁那一年,我和一个魅力超凡的女人开始了一段远距离恋爱。有那么一两个月,算是无比浪漫地实现了愿望,就此而言,真是一场极为梦幻的对手戏,仿佛我生活在一首流行歌曲或一首诗里。紧随其后的却是我人生中最为肝肠寸断的两年。我仍然对"滥用"这个词的使用犹豫不决,尽管我还没能找到更恰当的词语来描述那让我备受折磨的奴役。我曾吸食海洛因成瘾,但在二十多岁时彻底戒断,可放弃这个女人却更加困难。在那段经历的尽头,就在我开始修复自己的生活,修复所有其他关系时,我意识到是时候进行自我反思了,我需要空间来做这件事。

最初几周的禁欲充满挑战,我从生活中剪去了所有的浪漫可能,并学会放弃机会。但那之后,难以置信的事情发生了。我的生活打开了,它曾像一栋房间全部紧锁的豪宅。我拥有了更广阔的空间徜徉其中!从漫长无言的清晨,到书桌前度过的一整天,再到卧床读书的寂静深夜,我沉湎于独居。有时是很孤独,但也很新奇,就像一种天气系统穿我而过,一天后,抑或有时只是傍晚的一小时,光线渐渐暗淡,向夜晚过渡,这小气候也就过去了。三个月的禁欲结束时,我决定再来三个月。

六个月结束时，再来三个月。

海关排队没完没了，关口人手严重不足，无法承受入境旅客的数量，我完全被队伍一点点波浪般的蠕动分散了注意力。每隔一段时间，蛇形往前的队伍就让我们彼此交错仅仅几英尺。我俩都很刻意地盯着手机，再斜睨队伍前端，目光来回切换，摆出的姿态有一种微妙的装模作样，没有哪个漫不经心的旁观者能从我们的任一举止中看出无聊与沮丧之外的东西来。

要是认定飞机上的心动对象回应了我的注目，听起来或许有点傲慢，但请相信我，当你已经跳这支舞超过二十年，就会知道你的舞伴何时对音乐有感觉、何时没有。当然了，这一次，这种兴奋感寄居于微妙的可能性之中，这一次，在万无一失的十年之后（最初十年过得很丢脸，被误解了很长时间，其实我是在培养这种精确的雷达），我还是有可能出错。

她先于我十到十五个人的样子抵达关口，尽管她花了足足十二分钟重新整理背包，又花了三分钟时间系鞋带，最后实在没有别的事可做了，只好继续她的旅程。随着她消失于机场，我的失望也伴随着放松。魔咒打破了。我没有违反禁欲。我从夹克的内口袋里掏出护照，继续慢吞吞往前挪，为我的无所事事而开心。

二十三岁戒掉毒瘾后,我的担保人很快告诉我不能再偷东西了。要是知道我还在偷东西,她肯定会早一点告诉我。我主要是从联合广场的巴恩斯和诺布尔书店偷书,还从大学附近溢价过高的健康食品商店的自助服务桶里偷吃的。但我从来没跟她提过,直到有一次,去公寓楼的洗衣房时,我碰巧在跟她通电话,发现有人把一沓二十五美分的零钱放在换币机旁的桌子上,我才提到这回事。我可以拿走它们,对吧?我问她。绝对不能,她说,我们不能偷。

当时当刻,我真的很想知道我为什么非要提起这个,但现在我完全明白了。我想停止。当她告诉我要停止时,我如释重负。在偷东西前,我常常涌起可怕的焦虑与恐惧,仿佛是有人在逼迫我这么做。我痛恨偷窃。每当涉及某些物品或商店时,只要看到机会,我就不能不去偷,但偷窃总归压力重重,压力大到偷完东西后从不曾有与之匹配的成就感。我并非沉迷偷窃,但这已成为习惯,作为一个活跃的瘾君子,我必然要把经过我手的每一分钱都花在毒品上。我从来没有想过,我可以给自己许可,停止偷窃。

难以置信的是，当我穿过人潮涌动的机场，从行李领取处取回笨重的行李箱，搭乘穿梭巴士去毗邻的火车站，破译晦涩难懂的列车时刻表及诸多颇具挑战性的口音，从一个勉强算是售票厅的地方购买车票，到达正确的站台后，她就在那儿，飞机上的那个女人。她抬眼看了一下，可能是感觉到了我愕然的凝视，她看到了我，似乎也有瞬间的错愕，随即移开了目光。

我们没再进行眼神交流，但就站在相同的站台上，相隔几码远，等待火车。我一动不动，仿佛这样就能平息内心的波澜。我冒出了转瞬即逝的愚蠢念头，比如，或许这就是命运，我算老几，能违抗命运吗？或是，在外国，也许这算不上打破禁欲？

火车最终停靠在站台上，掀起我的头发糊了满脸。我们从不同的门上了同一节车厢。再一次，我又坐在她前面四五排的地方。我感到自己的身体如橡胶一样柔韧，疲惫却又蠢蠢欲动，即将有事发生的预感令我生机勃勃。我已经很久没有这样的感觉了，这熟悉的兴奋，对自己的身体及周围的环境密切关注。事实上，我越想越觉得，我离焦虑仅仅一步之遥。

在我数着越来越少的站点抵达目的地时，紧张情绪有增无减，直至变成一种恐惧，是一种很熟悉的恐惧，仿佛有什么外

来自独身之年中点的笔记

力迫使我去兑现这种紧张情绪,只是因为我能做到,我就得去做。我回头扫了一眼,她的脸朝向车窗,窗外是一片田野,而后掠过一面小池塘,但我看出她对我的动作有那么一丝在意,感受到我们之间看不见的纽带在嗡嗡颤动,感知到那难以察觉的电流,然而我能感觉到,她不是会采取行动的那种人。

我知道该怎么做。一个恰当的问题打破沉默,交谈随之而来,不经意间发出稍后再碰头的邀约。从前,这样的机会我没错过太多。尤其是年轻的时候,我亲吻了太多陌生人。最近几年,我收集了像火锅一样的"朋友",保持着升华成肉体关系的温暖承诺,只要我饥肠辘辘,就能吃上。但有些事情不同了,像附近电台的歌拦截了日常播报,我开始注意到一些合唱片段。

我的兴奋更像是焦虑。我很焦虑,因为我不想圆满这次调情。我想入住布鲁姆斯伯里的酒店,吃晚餐,独自一人。我想从这种紧绷的束缚中解脱。忽然间,我意识到我可以。我可以给自己许可,就此打住。我放松那根纽带。我彻底放手了。

然后,就好像是取下了耳朵上的耳机,音乐戛然而止,现在我可以听到车厢内其他乘客的低语,听到列车不断运动时撞击轨道的声响。我的身体似乎被掏空,但我人在这里,完整无缺，形单影只，无需将视线投向自身之外，再寻找另一具身体。不是僵尸，不是伦巴扫地机器人，也不是热自导引导弹。我匆匆挪到靠窗的位置，闭上了眼睛。

我们在同一站下车，此时此刻，我对此既不兴奋也不讶异。在最后的二十分钟路程里，我已经陷入半睡半醒的状态，因此昏昏沉沉。我比那个女人晚下车，我们之间隔着几个乘客，我目睹她径直走入另一个女人的怀抱，那女人正在站台上等待她。她们久久拥抱，走过她们身边时，我露出了微笑，继续朝出租车站走去，我松了口气，迈着沉重的步伐。

我把酒店地址告诉司机，而后靠在了座位上。我注视着飞驰而过的建筑物，无不比我在纽约所习惯的那些建筑要更小巧、更漂亮，同时百思不得其解，为什么我要选这个时候去满足我的旧日习性。我以前也出过国，但我现在意识到，每一次出国，我不是和恋人在一起，就是会找个人一起，被嗡嗡作响的红线或因熟悉而牢固的纽带牵引着度过那段时间。而此刻我孤身一人，是前所未有的那种孤单。我必须为每种新的孤单感建立一个参照，而第一次总是最困难的。我只是没想到会遇到这种情况。

我过于急迫地想要摆脱身处异国他乡、无人能分散我注意力的感觉。我发现自己很孤独，但情况并不紧迫，也没有完全占据我，不会让其他事物变得面目模糊。这种孤独像一层薄雾，轻轻飘过，我相信它会过去。它更像一种感伤而非疾病。在我某一次形影相吊独自晚餐时，或身处那艘巨轮上的倾侧甲板时，它会飘荡回来，但我不需要另一具躯体来掩护我免遭攻击。与它同席，我认可它为一种必不可少的孤单，无论我们是停下来去承认它，还是穷尽一生去逃离它，逃入陌生人的怀抱，它都会存在。这么多年来，我一直错误地将它视为需要解决的问题，但这种孤单并非病症，不代表欠缺或丧失。无论我们如何努力抓紧他人，如何比较我们找来填满自己的词语，我们仍旧是茕茕孑立，与自己为伴。无论我爱的是谁，我始终孤身一人，与自己同在。因为逃避这一事实，所以我一直都是自己的陌生人。

我付给司机钱，然后拖着行李进了酒店大堂。当我排在一对带着两个孩子的夫妇身后等候柜台服务时，意识到一种不同以往的兴奋感。绝对不是紧张。在那几个小时的时间过去后，我很高兴看到自己迷失在一个故事中，却不再关心这故事的结局。很高兴我是孤身一人,哪怕孤单,哪怕身处这座陌生的新城市。我曾短暂地忘记了,自己的陪伴比任何陌生人的陪伴都更有吸引力,重回这一认知,感觉像一种爱,宛如径直投入了一个朋友的怀抱。

关于作者们

杰弗里·雷纳德·艾伦著有五本书，包括长篇小说《小腿之歌》和《我背后的铁道》，该小说赢得了《芝加哥论坛报》美国中部地带小说奖；短篇小说集《等待航线》，该作品获得了厄内斯特·J.盖恩斯奖的优秀文学奖；以及两本诗集。艾伦获得了怀丁作家奖、创意资本基金会创新文学奖和古根海姆奖学金。他居住在约翰内斯堡。更多关于他的信息请登录 www.authorjefferyrenardallen.com 查看。

彼得·霍·戴维斯最近刚刚出版了《有人告诉你的与你有关的谎言》。他的其他作品包括获得了艾耐斯菲尔德·沃尔夫奖的《机遇》和入围布克奖长名单的《威尔士女孩》。他的短篇小说散见于《哈珀杂志》《大西洋月刊》《巴黎评论》和《格兰塔》等刊物，并入选《欧·亨利奖短篇小说集》和《美国最佳短篇小说选》。

克莱尔·戴德勒著有广受好评的回忆录《爱与麻烦》及《装腔作势之人》，后者为《纽约时报》畅销书。她正在为克诺普夫出版社撰写《怪物》一书，内容是创造出伟大艺术的恶人。这本书是基于她火遍全球的《巴黎评论》文章《我们该拿可怕男人的艺术作品怎么办？》。戴德勒为《纽约时报》《大西洋月刊》《国家杂志》《时尚》及其他诸多出版物撰写文章。她在太平洋大学的MFA（艺术硕士）项目中任教，居住在皮吉特湾的一个小岛上。

安东尼·杜尔的最新作品是《幻想世界》，他的上一部小说《所有我们看不到的光》赢得了普利策奖、卡内基奖、亚历克斯奖，并荣登《纽约时报》畅销书榜首。他的短篇小说散见于《美国最佳短篇小说选》《欧·亨利奖短篇小说集》《新美国故事》和《斯克里布纳当代小说选》等作品集。杜尔和妻子以及儿子们住在爱达荷州的博伊西。

莉娜·杜汉姆是屡获殊荣的作家、导演、演员及制片人。

她的制作公司"自有好事"全方位涵盖电影、电视、戏剧和播客等业务。她是HBO热门剧集《女孩》的创作者、编剧和主演,杜汉姆同样在HBO此类剧集、BBC的《行业》以及HBO的《露营》中担任编剧、导演和制片人。杜汉姆是《纽约时报》畅销书作家,并定期为《时尚》《哈珀杂志》及《纽约时报》等出版物撰稿。

梅丽莎·费伯斯著有回忆录《机智鞭笞》和两本散文集《抛弃我》《少女时代》。她是兰姆达文学奖名下让娜·科尔多瓦非虚构类别的首个获奖者,并获得了麦克道威尔文艺营、布雷德洛夫作家创作班、下曼哈顿文化理事会、BAU学院、佛蒙特艺术中心、芭芭拉·戴明基金会等机构的奖学金。她的散文作品散见于《巴黎评论》《信徒》《麦克斯威尼季刊》《格兰塔》《塞万尼评论》《铁皮屋》《英国太阳报》及《纽约时报》等刊物。她是艾奥瓦大学的副教授,在非虚构写作项目中任教。

海伦娜·菲茨杰拉德是一位散文家,她的作品发表在网络上或刊登于《大西洋月刊》《切割》《新共和周刊》《哈兹利特》《嘉人》《滚石》《GQ》《新调查》和《弹射器》等刊物,还有其他诸多出版物。她还长期撰写每周一次的专栏，名为《伤心培根》，谈论心理情感。

阿贾·加贝尔的首部长篇小说《合奏》由河源出版社出版。她的散文见于《切割》《新闻聚合》《凯尼恩评论》《炸弹》及其他出版物上。她在卫斯理大学和弗吉尼亚大学学习写作，并获得了休斯敦大学的文学与创意写作博士学位。目前，她在洛杉矶生活并写作。

梅根·吉丁斯的首部小说《莱克伍德》获得了两项全美有色人种协进会奖提名，及洛杉矶时报图书奖的雷·布莱德伯雷科幻、奇幻和推理小说奖提名。它是美国全国公共广播电台2020年最佳图书之一，2021年密歇根优秀图书，并入选2020年度《纽约》杂志十佳书籍。她是密歇根州立大学的副教授，也是安提奥克大学低修业MFA的附属教师。她的第二本书《会飞的女人》将于2022年由阿米斯塔德出版。

莱夫·格罗斯曼是《纽约时报》畅销榜冠军《魔术师三部曲》的作者，该系列小说在二十五个国家出版，并改编为电视剧。他的小说《银色的箭》是《纽约时报》2020年度最佳童书之一，他还创作了电影《小确幸地图》，2021年在亚马逊首映。格罗斯曼的新闻报道发表于《时代》《纽约时报》《名利场》《石板》《连线》《华尔街日报》等诸多出版物。他与妻子和三个孩子住在布鲁克林。

郭珍芳的作品《寻找西尔维·李》《中国女孩耶鲁梦》《唐人街的曼波女王》屡获殊荣，荣登纽约时报，成为畅销全球的作家。她的作品已在二十个国家出版，并在世界各地的大学、学院及高中授课。《寻找西尔维·李》一出版便成为纽约时报畅销书，入选"与珍娜一起读书今日秀图书俱乐部"推荐书单，并被《纽约时报》《时代》《新闻周刊》《纽约邮报》《华盛顿邮报》《O杂志》《奥普拉杂志》《人物》《娱乐周刊》、CNN等广泛报道。她会三种语言，能流利使用荷兰语、中文和英语，并学习了七年拉丁语。她同丈夫及两个儿子一起生活在荷兰。

裘帕·拉希莉著有五部长篇小说，分别是《疾病解说者》《同名人》《不适之地》《低地》和《行踪》。著有两部非虚构作品，一部是《换言之》，这是她用意大利语写的第一本书，原名为 *In Altre Parole*；另一部是《书之衣》，率先于意大利出版，意语原名为 *Il Vestito dei Libri*。她还出版了一本意大利语诗集，名为《奈莉娜的笔记》（*Il quaderno di Nerina*）。裘帕·拉希莉荣获过诸多奖项，包括普利策奖、海明威奖、马拉默德奖、弗兰克·奥康纳国际短篇小说奖、格雷戈尔·冯·雷佐里奖、南亚文学 DSC 奖，由巴拉克·奥巴马总统颁发的国家人文奖，以及维亚雷焦·韦尔西利亚国际奖。她在普林斯顿和罗马两地生活。

梅尔·梅洛伊著有三部长篇小说、两部短篇小说集、面向八到十二岁少年读者的三部曲和一本图画书。她的小说发表在《纽约客》《美国最佳短篇小说选》等杂志，并发布在《短篇小说精选》和《美国生活》等广播节目。她获得了《巴黎评论》的阿加汗奖、马拉默德奖、E. B. 怀特奖，以及两个加利福尼亚图书奖和古根海姆基金会奖学金。

蒂娜·纳耶里著有《忘恩负义的难民》，这本书赢得了修氏兄妹文学奖，并入围洛杉矶时报图书奖、柯克斯奖和

《ELLE》杂志女性读者大奖的决赛。她是2019年至2020年巴黎哥伦比亚思想与意象研究所的研究员，也是2021年巴黎美国图书馆的研究员。她获得了美国国家艺术基金会的文学资助和联合国教科文组织文学之城保罗·恩格尔奖，她的作品在二十多个国家出版，并散见于《纽约时报》《纽约客》《卫报》《格兰塔》《欧·亨利奖短篇小说集》《美国最佳短篇小说选》等诸多出版物。

伊曼妮·裴利是普林斯顿大学非裔美国研究的休斯·罗杰斯教授①，著有六本书，其中包括获奖作品《寻找洛林：洛林·汉斯伯里的光辉与激进人生》。她最近的一部作品是《呼吸：写给儿子们的信》。她和孩子们一起住在费城地区。

艾米丽·拉伯托著有长篇小说《教授的女儿》和《寻找锡安》，后者获得了美国国家图书奖。她在纽约城市学院教授创意写作。她的下一本书《警告：生存的教训》即将由霍尔特出版社出版。

---

① 休斯·罗杰斯教授是普林斯顿大学的一个教授职位，由休斯·罗杰斯基金会赞助，用于支持文学、经济、非裔美国研究等领域的优秀教师。

玛雅·尚巴格·朗恩著有《我们所携带的：回忆录》，入选《纽约时报书评周刊》编辑推荐及亚马逊2020年度最佳图书。她也是《六月十六日》的作者。她拥有比较文学博士学位，和女儿一起生活在纽约市郊。

艾米·谢恩著有长篇小说《布鲁克林美人鱼》《大海离此有多远》，以及《看不见的城市》，该书获得了2021年独立出版图书奖文学小说金奖。她是数字平台Medium的高级编辑，作品散见于《纽约时报》《石板》《文学枢纽》及其他诸多出版物。谢恩拥有明尼苏达大学的艺术硕士学位，目前和两个孩子一起生活在布鲁克林。

麦吉·施普施戴德是《纽约时报》畅销书作家，著有长篇小说《伟大的环》《震惊我》和《就座安排》。《就座安排》获得了狄兰·托马斯奖和洛杉矶时报首个小说奖。她毕业于艾奥瓦大学写作研讨班，曾是斯坦福大学的斯特纳研究员，并获得国家艺术基金会的奖学金。

杰丝米妮·瓦德获得了密歇根大学的艺术硕士学位，还曾获得过麦克阿瑟奖学金、华莱士·斯特格纳奖学金、约翰和蕾妮·格里沙姆作家驻地计划及斯特劳斯生活奖。她凭借《歌唱，未埋葬，歌唱》（2017）和《拾骨》（2011）两部小说两次获得国家图书奖的小说类别奖。她还著有《在家族流血处》，图文演讲《驾驭你的星辰》，以及回忆录《我们收获的男人》，这些作品斩获了众多奖项。瓦德目前是杜兰大学的创意写作教授，居住在密西西比州。

莉迪亚·尤克纳维奇著有畅销小说《琼之书》（哈珀出版社）《孩子们的小小背影》（哈珀出版社）和《朵拉：一个疯子》（霍桑出版社），以及一本反回忆录《流年似水》（霍桑出版社），该书被克里斯汀·斯图尔特改编成电影。还有一本《不合群的勇气》，是根据她的 TED 演讲《异类之美》（如今已超过三百五十万次观看）写作而成。她拥有俄勒冈大学文学博士学位，并且是波特兰非学术创意实验室"有形书写"的创立者。她的短篇小说集《边缘》（河源出版社）于 2021 年出版平装本，她的长篇小说《推搡》即将于 2022 年由河源出版社出版。她是一名游泳健将。

致 谢

衷心感谢我出色的代理人乔迪·卡恩，感谢她的奉献、耐心与友谊；感谢我的编辑莉·纽曼，感谢她坚定不移的信念和敏锐的眼光；感谢我的出版人安迪·亨特，以及整个《黑气球》和《弹射器》的梦幻团队，特别是张华明和艾丽莎·戈德尔，感谢他们欣然接纳了本书，并助它起飞。

感谢伊迪丝·齐默曼，我十分珍视她的友谊，她全心全意的支持邮件是属于我的美第奇赞助。感谢远亲近友们：劳伦·德米勒、安妮·权、艾米·希恩、艾琳·韦克勒、伊拉娜·拉皮德。感谢我的家人，特别是我的父母邦妮和特德·嘉瑞特，以及我的兄弟布兰登·路易斯·嘉瑞特。

感谢智慧又慷慨的本书作者们：谢谢你们答应我，谢谢你们信任我，将脆弱的故事托付给我，谢谢你们在漫长的集体隔离时期与我沟通协作，让这项工作不那么孤独。你们的文字给《孤独故事集》注入了某种魔力。我深表感激。

感谢我的孩子们,塞拉菲娜和奥雷利欧:谢谢你们最紧密的拥抱和最开怀的笑声,谢谢你们哪怕在至暗时刻也成为光源。我永远爱你们。

最后,感谢托尼,永永远远,感谢所有一切。

Natalie Eve Garrett
The Lonely Stories
Copyright © 2022 Natalie Eve Garratt
Published by special arrangement with Catapult in conjunction with their duly appointed agent 2 Seas
Literary Agency and co-agent CA-LINK International LLC
Simplified Chinese edition copyright:
2024 Shanghai Translation Publishing House (STPH)
All rights reserved.

图字:09-2022-0588号

图书在版编目(CIP)数据

孤独故事集/(美)娜塔莉·伊芙·嘉瑞特
(Natalie Eve Garrett)编;姚瑶译.—上海:上海
译文出版社,2024.3
书名原文:The Lonely Stories
ISBN 978-7-5327-9372-3

Ⅰ.①孤… Ⅱ.①娜…②姚… Ⅲ.①故事-作品集
-美国-现代 Ⅳ.①I712.45

中国国家版本馆CIP数据核字(2024)第034438号

孤独故事集

[美]娜塔莉·伊芙·嘉瑞特 编 姚 瑶 译
责任编辑/吴洁静 装帧设计/胡 枫 封面摄影/胡 枫

上海译文出版社有限公司出版、发行
网址:www.yiwen.com.cn
201101 上海市闵行区号景路159弄B座
启东市人民印刷有限公司印刷

开本787×1092 1/32 印张10.25 插页2 字数109,000
2024年3月第1版 2024年3月第1次印刷
印数:00,001—10,000册

ISBN 978-7-5327-9372-3/I·5850
定价:49.00元

本书中文简体字专有出版权归本社独家所有,非经本社同意不得连载、摘编或复制
如有质量问题,请与承印厂质量科联系。T:0513-83349365